LA FRANCE

ANTHOLOGIE 2019

© *2019*

Réalisation: La Méridienne du Monde Rural
Directrice de la publication : Anne de Tyssandier d'Escous
Auteurs des textes : collectif d'auteurs
Illustrations : Michel Rigel

Association LA MERIDIENNE DU MONDE RURAL
Siège social : 19110 Bort-les-Orgues
Adresse de gestion :
93 rue Jules Ferry -19110 BORT-LES-ORGUES
www.lameridiennedumonderural.fr

imprimé par lulu.com,
en impression numérique à la date de la commande
Lulu Press, Inc, Raleigh, N.C., Etats Unis

ISBN : 979-10-90416-30-7
Dépôt légal: avril 2019

RECUEIL

LA FRANCE

ANTHOLOGIE 2019

Association LA MERIDIENNE DU MONDE RURAL
www.lameridiennedumonderural.fr

SOMMAIRE

TEXTES

Préambule

par Anne de Tyssandier d'Escous

La Méridienne du Monde Rural est une association, créée en 2000, qui a pour objet de promouvoir et d'organiser des activités culturelles, historiques, artistiques et de mise en valeur du monde rural.

Le concours littéraire international 2019 de La Méridienne du Monde Rural, dont le 1er thème était: « La France » et le 2ème thème « Les Templiers », a rencontré un réel succès. De nombreux auteurs de France et de l'étranger ont participé. Le présent recueil réunit les textes d'auteurs de France, de Belgique et de Suisse, qui ont obtenu des prix lors de ce concours littéraire. D'autres auteurs de France, de Nouvelle Calédonie, du Canada, d'Espagne, du Portugal, du Togo, ont obtenu des diplômes d'honneur.

Nous espérons que les écrits de ce recueil vous donneront, avec le plaisir de la lecture, un réel moment d'évasion…
« *Quelque part en Lorraine* » rappelle que deux grands auteurs, Alain-Fournier (dont l'œuvre la plus célèbre est « Le Grand Meaulnes ») et Louis Pergaud (auteur de « De Goupil à Margot », prix Goncourt 1910, et de « La Guerre des boutons ») ont tous deux participé à la Première Guerre Mondiale et y ont perdu la vie.

Le conte « *Rose d'Amour* » sensibilise le lecteur à la protection de l'environnement, car l'auteur imagine la vie apocalyptique en 2050 à cause de la chaleur…

« *Le singulier trésor de la Nef Templière* » révèle des facettes d'une chasse au trésor sous-marine particulière, tandis que « *La Malédiction du Vendredi 13* » rappelle l'histoire de la fin des Templiers et les étranges coïncidences qui ont suivi la malédiction du Grand Maître de l'Ordre du Temple, Jacques de Molay.

La nouvelle « *Le charbonnier et le Templier* » rappelle la présence des Templiers dans le Cantal (le Bois de Lempre est situé à Champagnac près d'Ydes).

Le texte « *Louis Hercule de Pollalion baron de Glavenas* » évoque un ancien garde du corps du Roi devenu artiste-peintre.

Alors que « *L'assiette* » rappelle la relativité de la valeur d'un objet même rare, la France d'hier retrouve celle d'aujourd'hui à travers « *La lettre de Fine* ».

Dans « *Nouveau départ* », le retour à la nature est dû à l'évolution d'un monde nouveau, alors que dans « *Valeureux insulaires* » des familles construisent une petite société sur une île. Et, dans les derniers vers de la poésie libre « *Terre de France* », la France est invitée à raconter ses traditions, son folklore et ses légendes…

Nous adressons nos félicitations à tous les lauréats du concours littéraire international 2019 de La Méridienne du Monde Rural, et tous nos encouragements aux autres auteurs de France et de l'étranger qui ont participé à ce concours.

PALMARES DU CONCOURS 2019
DE LA MERIDIENNE DU MONDE RURAL

Prix de la Nouvelle Littéraire :
M. Bernard Marsigny (42130 Marcoux)
pour « Quelque part en Lorraine »

Prix de la Sensibilisation à l'Environnement :
M. Joseph Denat (31200 Toulouse)
pour « Rose d'Amour »

Prix des Templiers :
M. Gérard Loridon (83140 Six Fours les plages)
pour « Le singulier trésor de la Nef Templière »

Prix Histoire :
Mme Corinne Toupillier (06800 Cagnes-sur-Mer)
pour « La Malédiction du Vendredi 13 »

Prix de la Nouvelle Médiévale *:*
M. Jean-Louis Prud'homme (15130 Arpajon-sur-Cère)
pour « Le charbonnier et le Templier »

Prix Artiste du Passé :
M. François Lacoste (75019 Paris et 15130 Yolet)
pour « Louis Hercule de Pollalion baron de Glavenas »

Prix du Patrimoine International :
Mme Micheline Boland (Marcinelle - Belgique)
pour « L'assiette »

Prix de l'Encrier d'Argent :
Simone Dayries (31370 Poucharramet)
pour « La lettre de Fine »

Prix du Terroir :
Mme Anne Schwaar (Begnins/Vaud - Suisse)
pour « Nouveau départ »

Prix de la Nouvelle d'Aventures:
M. Arnaud Génois (35000 Rennes)
pour « Valeureux insulaires »

Prix de Poésie Libre:
M. Alain Tardiveau (17150 Nieul-le-Virouil)
pour « Terre de France »

****

23 autres auteurs, de France et de l'étranger, ont eu des Diplômes d'Honneur dans le cadre de ce concours.

****

Quelque part en Lorraine

par Bernard Marsigny

En ce matin de septembre, un nuage de rosée s'étendait sur la plaine. Les deux lieutenants s'étaient retrouvés assis côte à côte sur la margelle du puits, en ce petit matin de 1914. La pluie avait cessé et les hommes, qui avaient pris possession pour la nuit des bâtiments de cette ferme, sortaient lentement de leurs abris, contemplaient le ciel gris, s'étiraient, baillaient et apercevant la roulante au milieu de la cour, s'avisaient qu'il était temps pour eux de prendre quelque chose de chaud.

-Alors, bien installés ? demanda le plus jeune des lieutenants.
-Parfaitement. Vous aviez prévu suffisamment de paille pour toute la compagnie. Je vous en remercie. Les hommes sont contents.
-Tant mieux ! On nous avait prévenus que le 288ème d'Infanterie allait arriver pour se joindre à nous. Car je ne sais pas si vous êtes déjà au courant, mais il paraît que le Commandement envisage, en ce qui nous concerne, une grande migration conjointe vers le nord à la recherche de notre ennemi héréditaire. Ça risque de péter fort dans les jours prochains. Dommage, la vie rustique et vivifiante que nous menions ici me convenait parfaitement. Je vais donc

quitter à regret ce havre de paix, certes agréable, mais un peu trop mouillé à mon goût.

-Vous n'êtes pas du coin ? demanda le nouvel arrivé.

-Pas tout à fait, répondit son collègue, je suis de Franche-Comté. Mais la Lorraine et ma terre natale ont en commun d'avoir un climat relativement humide, auquel nous sommes priés de nous habituer au plus vite, car j'ai comme dans l'idée que nous ne sommes pas prêts de rentrer à la maison. Et vous, c'est la première fois que vous faites du tourisme par ici ?

-Oui. Bien qu'étant originaire du Cher et habitant d'ordinaire Paris, mes goûts m'avaient porté ces derniers temps vers la côte Basque pour des vacances de rêve avec une délicieuse amie. C'est là que j'ai été mobilisé, et qu'on m'a invité à venir prestement découvrir les charmes de cette verdoyante vallée.

Ils se turent un instant et regardèrent amusés quelques hommes qui se chamaillaient autour de la roulante.

-Regardez ces crétins ! Ils se disputent, alors que demain ils seront peut-être tous morts ! remarqua le lieutenant le plus âgé en hochant la tête. Puis il ajouta :

-Tout à l'heure, lorsque je suis arrivé, j'ai vu que vous étiez en train d'écrire. Je vous ai interrompu dans ce que vous faisiez. Je vous prie de m'en excuser.

-Rassurez-vous, ce n'était rien d'important. Seulement quelques notes prises sur le vif. J'ai pris l'habitude de consigner par écrit, lorsque je le peux, des faits, des pensées, des remarques, des dialogues. Un jour peut-être cela me servira-t-il à écrire sur ce que nous vivons au quotidien.

-Vous êtes journaliste ?

-Non, instituteur. Mais j'aime écrire. C'est là ma grande passion.

-Et à quel genre d'écrits vont vos préférences ? Aux romans, aux contes, aux nouvelles, à la poésie ?

- Jusqu'à présent j'ai surtout écrit des nouvelles. Je m'amuse souvent à donner la parole à des animaux, à des pies, à des renards, à des chiens. C'est très campagnard comme style.

- Si je vous comprends bien, c'est un peu comme dans « De Goupil à Margot » ? Je ne sais pas si vous connaissez et si vous l'avez déjà lu, c'est le prix Goncourt 1910 !

Le jeune Lieutenant regarda son aîné avec un large sourire, attendit un instant et dit :

-Je connais bien cette œuvre, je crois même que j'ai été un de ses tout premiers lecteurs ! Et devant l'étonnement de son interlocuteur, il ajouta simplement : C'est moi qui l'ai écrite !

-Parce que vous êtes… ? .

-Mais oui, mon cher, vous avez devant vous le célèbre Louis Pergaud en personne, qui est, pour l'instant encore, bien en chair et en os. Mais ce qu'il en sera demain, je ne peux vous le dire ! Les temps par ici sont assez meurtriers.

-Celui aussi de « La guerre des boutons » ?

-Je confirme, c'est bien le même.

-Ça alors ! Incroyable ! Si je pouvais me douter ! Je vous ai lu à Paris, emporté en voyage à Bayonne et c'est ici que je fais votre connaissance. Inouï ! Jamais je n'aurais pu imaginer que nos destins se croiseraient. Je n'en reviens pas. Autant vous le dire tout de suite : j'ai adoré « De Goupil à Margot ». C'est frais, original, plein d'humour.

Ça pétille de vie et de tendresse. Et je peux même ajouter que mes amis Gide, Péguy, Claudel ont beaucoup aimé eux aussi. Tout comme ils ont été enthousiasmés par votre adorable et hilarante « Guerre des boutons » qui vient de paraître.

-Diable ! C'est là, de la part de vos amis, un sacré compliment. J'en suis tout confus. Aussi, quand vous les verrez, n'omettez pas de leur dire combien je suis flatté de leur jugement. Mais je vais vous confier un secret : entre nous, le Goncourt, c'est toujours un sacré coup de chance.

-Peut-être un sacré coup de chance, mais moi, le Goncourt je ne l'ai pas eu. Il m'est passé sous le nez !

-Parce que vous écrivez, vous aussi ? demanda le jeune lieutenant.

-J'ai écrit un roman qui, sans avoir le prix, a eu un certain succès et une critique très favorable.

-Comment vous appelez-vous ?

-C'est vrai, excusez-moi, je ne me suis pas présenté : Lieutenant Henri-Alban-Fournier.

-Vous êtes de la famille d'Alain-Fournier, l'écrivain ? Son frère peut être ?

-Je ne vais pas vous répondre directement. Mais comme j'aime les devinettes, je vais simplement vous dire qu'aujourd'hui 15 septembre 1914, dans ce coin paumé de Lorraine « Le père du Grand Meaulnes a le plaisir de rencontrer en ce moment même le père du Petit Gibus ». Et au cas où vous n'auriez pas compris, je précise qu'Alain est mon nom de plume !

-Pas croyable ! Alain-Fournier ! s'exclama le Lieutenant. J'ai lu votre livre d'un trait. Magnifique ! Envoûtant !

Fascinant ! C'est le genre de livre qu'on aimerait avoir écrit. Bravo mon vieux ! Cette cour de ferme n'est sans doute pas le lieu idéal pour le faire, mais je suis bougrement heureux de vous rencontrer, de vous serrer la main et de vous dire combien j'ai aimé votre bouquin. Vous êtes sacrément doué !

Les deux écrivains restèrent un instant face à face, silencieux, comme fascinés l'un par l'autre, perdus dans un autre monde, oubliant l'agitation qui les entourait. Ce fut Fournier qui reprit le premier la parole:

-Cette guerre aura au moins eu le mérite de cette rencontre. Rien que pour ça, elle se justifiait.

-Cher ami je suis entièrement de ton avis, répondit Pergaud. Mais maintenant que c'est fait, il est inutile de poursuivre plus avant ce conflit imbécile. Je suis d'avis de dire aux Grands qui nous gouvernent, qu'il serait temps d'arrêter leurs conneries.

-Exact. Et le Haut Commandement, ayant lu ton bouquin, pourrait très bien se contenter désormais des « boutons » comme prises de guerre. Ça serait largement suffisant.

Ils éclatèrent de rire à cette remarque.

Le soleil s'était levé. Il faisait doux. Ils étaient heureux et buvaient tranquillement leur café. La guerre était loin. Très loin d'eux. De toute façon elle n'allait pas durer longtemps. On allait se revoir. Ils en étaient certains.

-Si tu le permets, je voudrais tout de même te poser une question qui me turlupine. Ton Yvonne de Galais, l'héroïne de ton roman, elle a vraiment existé ?

-Mais elle existe encore. Elle est mariée, a deux enfants et elle est toujours aussi belle.

-Une histoire d'amour manquée ?

-On va dire cela comme ça. Mais je n'ai aucun regret, ma vie maintenant est avec quelqu'un d'autre et c'est mieux ainsi. Et toi, tu es marié ?

-Je l'ai été et cela s'est soldé par un échec. Jamais je n'en parlerai dans mes écrits. Inutile de remuer ce passé !

Il y eut entre eux un long silence.

- Oh ! Oh ! fit tout à coup Pergaud, sortant de sa rêverie. Lorsque je vois mon ordonnance arriver à grands pas vers moi, ce n'est jamais très bon signe, ajouta-t-il en désignant le soldat qui venait à eux.

-Excusez-moi, mon Lieutenant fit ce dernier après avoir salué, les Commandants de compagnie sont attendus immédiatement chez le Capitaine.

-Et bien voilà, l'intermède littéraire est terminé. La vie simple du soldat en campagne va pouvoir reprendre ses droits, ses priorités et les emmerdements qui vont avec.

-Tu sais ce qui serait bien ? dit Fournier. C'est qu'après la guerre, on se retrouve pour écrire ensemble quelque chose d'original, d'amusant en souvenir de notre rencontre inopinée d'aujourd'hui. On mettrait nos idées, nos styles et nos personnages en commun dans une même histoire. Cela pourrait s'appeler… je ne sais pas… peut-être « Petit Gibus et Meaulnes s'en vont en guerre » ou quelque chose d'approchant.

-Idée fort séduisante et à creuser, à condition qu'il y ait bien sûr une très belle histoire d'amour…avec à nouveau une fort jolie femme, très mystérieuse…

Mais pour l'heure, allons-y ! Ne faisons pas attendre notre cher Capitaine. Il a sans doute des choses intéressantes à nous annoncer quant à nos futures pérégrinations guerrières. Si tu le veux bien, nous reparlerons de ton idée plus tard… si on le peut ! »

Ce projet commun ne vit jamais le jour.
Alain Fournier fut tué en automne 1914
et Louis Pergaud au printemps 1915.
« Petit Gibus ne rencontra jamais Yvonne de Galais ! »

*****

Rose d'Amour
par Joseph Denat

Quatorze Janvier deux mille cinquante, "33° ce matin, enfin un peu de fraîcheur" pense Joseph tout en poursuivant "pourvu que le vent du Nord continue de souffler". Il n'est que six heures du matin et Joseph vient de se réveiller. Il a écouté les dernières informations et le bulletin météo. Le bulletin ne varie guère depuis déjà de nombreuses années. Bientôt, dans un ciel immaculé de nuages, le soleil sera ardent et si tout va bien la température ne grimpera qu'à 50 °.

A vingt-cinq ans, Joseph n'a pas toujours connu ce climat où la température ne descend jamais en dessous de 30° et peut monter jusqu'à 60°. Il a vu progressivement les températures s'élever inexorablement et l'environnement évoluer. Depuis une dizaine d'années, cela ne change guère, le désert est là, tout autour de Toulouse. Ses parents lui ont dit qu'avant il faisait beaucoup moins chaud, qu'il y avait des arbres, des fleurs, de l'eau dans les rivières. Maintenant cela est bien fini. Seules les Pyrénées conservent encore une atmosphère moins délétère. L'altitude y rend l'air un peu plus respirable. Des nuages s'échouent parfois encore sur les sommets et laissent échapper quelques ondées. Quant à la neige, ce n'est plus qu'un lointain souvenir et les tire-fesses et autres remontées ont cessé depuis belle lurette leurs rondes. Dans les plaines et sur le piémont les averses sont beaucoup plus aléatoires et trop peu nombreuses, ne permettant que la survie de quelques espèces.

Le sud de l'Europe est soumis à un climat désertique alors que l'extrême nord, au-delà du cercle polaire, est encore sous influence tempérée. Mais pour combien de temps encore ? Les glaciers et la banquise ont fondu. Le niveau des océans s'est élevé, et a complètement noyée la vallée de ce qui était la Garonne. La ville de Grenade est devenue le port maritime de Toulouse. Les rivières et les fleuves sont à sec - d'où l'arrêt des centrales nucléaires - et dans leur lit ne subsistent que quelques rares trous d'eau alimentés par des pluies incertaines et largement insuffisantes. Sur les collines du Lauragais maïs et blé ont laissé place aux graminées xérophiles, à des arbrisseaux épineux et à de rares acacias. C'est devenu le domaine des sauterelles, des scorpions et des gerbilles. Dans cette aridité, de maigres troupeaux de chèvres tentent de trouver une éparse nourriture. Sur le versant sud des collines ce ne sont plus que champs de panneaux solaires dominés par une multitude d'éoliennes. Car, malgré l'exploitation désormais possible des champs pétrolifères de l'arctique, les sources d'énergie sont rares. Il a fallu se résoudre à remettre en route les centrales thermiques au charbon malgré la nocivité de leur pollution. Le tout électrique est devenu une nécessité et seuls les avions y dérogent encore, faute d'avoir trouvé le substitut au kérosène. Les véhicules automobiles particuliers sont bannis à l'exception des services d'urgence. C'est enfin, mais trop tard, le règne du transport en commun. Mais plus que tout, c'est l'eau qui est rationnée. Les puits artésiens et les usines de désalinisation de l'eau de mer sont gardés comme des points sensibles. Afin de rationaliser au mieux les dépenses en eau, l'alimentation est devenue collective. La principale nourriture est à base d'algues avec un apport protéinique fourni par les élevages d'insectes. Quant à l'hygiène, les bains publics ont refait leur apparition avec limitation du temps d'occupation, toujours dans un souci d'économie d'eau.

Joseph s'étire sur son lit. Il va falloir aller au travail. De ce côté-là les habitudes n'ont toujours pas évolué. On travaille toujours dans la journée avec une chaleur ambiante qui n'est guère propice au rendement malgré un environnement climatisé.

Le regard de Joseph fait le tour de la pièce. Spartiate, ce qui lui sert tout à la fois de chambre et de logis est une cave. Oui, tous habitent dorénavant en sous-sol afin de se préserver au mieux de la chaleur. Et les logements sont des plus réduits pour qu'ils puissent tous bénéficier de la climatisation. Au départ on s'est contenté d'aménager sommairement les parkings souterrains puis ont été construites de véritables villes souterraines avec logements et installations collectives. Toutefois ne résident en ville que les actifs, toujours dans le but d'alléger au maximum les dépenses d'énergie. Les autres, enfants, personnes âgées, sont exilés en montagne où les conditions de vie sont plus acceptables pour les organismes.

En surface la ville a été abandonnée. Les immeubles délabrés sont le repaire de rats qui cherchent désespérément une nourriture des plus aléatoires compte tenu des restrictions imposées aux humains. Les rues sont désertes, balayées trop souvent par un vent suffocant, brassant la poussière, rendant l'air irrespirable. N'y patrouillent que des véhicules de police surveillant on ne sait trop quoi puisque tout est vide, sans âme qui vive. Plus de magasins, plus de lieux de loisirs, plus rien. Le centre-ville est un no man's land aux allures de ville ravagée par la guerre ou par un tremblement de terre. Le néant dans un décor de béton en ruine et d'abandon. Les zones d'activité nécessaires au maintien de la survie ont été rejetées à la périphérie afin de les concentrer au mieux, toujours dans ce même souci d'économie.

Joseph sort de chez lui et va prendre le métro qui l'amènera sur son lieu de travail. Il est ingénieur, chargé d'un projet de modélisation d'ampoules à très faible consommation. Joseph est grand, mince. Ce n'est pas un athlète mais il est résistant à la fatigue. Son regard clair exprime la franchise mais peut vite s'assombrir dans les moments de tension. Avenant, il est curieux et attentif aux autres. Poète à ses heures, romantique invétéré, Don Quichotte souvent, il s'égare parfois dans des rêves utopiques. Cela ne l'empêche pas d'avoir les pieds sur terre quand cela est nécessaire.

Durant le trajet les pensées de Joseph s'envolent vers Marie. Marie, c'est sa "fiancée". Ils se connaissent depuis deux ans, s'étant rencontrés sur le lieu de travail. Et selon une expression désuète, ils ont une tendre inclination l'un pour l'autre. Du même âge que Joseph, Marie est blonde, auréole de fins cheveux mi-courts faisant ressortir ses yeux clairs et rieurs dans l'ovale de son visage. Un regard expressif de vivacité et d'humour. Marie est souriante, toujours gaie malgré les vicissitudes de cette vie ascétique. Elle respire le bonheur et le diffuse à Joseph qui, depuis qu'il l'a rencontrée, ne rêve plus que de suivre son sillage, aimanté par la force et la joie de vivre de la jeune femme. Elle est tout pour lui, et il n'a de cesse de lui prouver combien il l'aime d'un amour profond, sincère et durable. Il est prévenant, attentionné tout en lui laissant son espace de liberté. Car ce qu'il aime en elle c'est son allant, son dynamisme, sa joie de vivre qui ne pourraient s'exprimer si elle était un tant soit peu contrainte.

Quatorze janvier… Quatorze février... Dans un mois c'est la Saint Valentin. Joseph voudrait pour Marie la plus belle des déclarations d'amour. Loin du banal, loin de ce quotidien inhumain. Il rêve de l'inouï, de l'unique, car Marie est unique. Offrir… oui c'est cela… offrir une rose ! Une rose rouge, symbole inaltéré de cet amour qu'il lui voue. Mais une rose, une seule rose, fleur qui ne se trouve que dans les contrées septentrionales, tout au nord de l'Europe, cela représente des sommes considérables, bien au-dessus de ses moyens. Alors comment ? Et vient l'idée, idée folle, insensée, à l'aune de l'amour de Joseph pour Marie.

De l'or ! Il lui faut trouver de l'or. Et de l'or, Joseph sait qu'il a une chance, une chance infinitésimale d'en trouver dans l'Ariège. Il y a toujours eu de l'or dans les rivières ariégeoises, c'est ce que l'on dit. Et pourquoi ne pas y croire ! Il doit partir ! Il va partir ! Il est parti ! Sans rien dire à personne, même pas à Marie, surtout pas à Marie, sans rien laisser percer de sa folle équipée.

Joseph est parti en effet, seul, armé de sa foi et de son amour pour Marie. Il a remonté le lit à sec de l'Ariège, bien au-delà d'Ax, anciennement les thermes. Il a trouvé son endroit, celui qu'il pense idéal, sablonneux à souhait, dans un coude de la rivière. Un campement de fortune sous un acacia, près d'une poche d'eau stagnante, et le voilà prêt pour la quête de son Graal.

S'épuisant la nuit, se reposant tant bien que mal le jour, Joseph s'acharne après son rêve. Il gratte, fouille, tamise, scrute à la recherche du métal tant convoité. Il s'échine à piocher, à creuser, ne s'arrêtant qu'à la limite de ses forces. Dans le fond de la vallée, imprégné de cette minéralité chauffée à blanc, Joseph étouffe. Le soleil impose sa loi, la fournaise se fait brasier. Il suffoque sous le poids de ses efforts inhumains et de l'accablante chaleur. La nuit est semblable au jour dans l'inégal combat contre les bouffées torrides montant du sol en fusion. Dans l'incandescence des jours et des nuits, il lutte contre la puissance insane de l'enfer lumineux, dans une aridité ambiante. Ses forces déclinent, la soif, le manque de sommeil, l'espoir qui s'amenuise minent son désir de poursuivre son rêve éthéré.

A l'ombre parcimonieuse de l'acacia ses somnolences sont traversées de visions. L'une d'entre elles revient sans cesse. Les yeux de Marie sont là devant lui, ils sourient de tendresse. Son visage, il pourrait le toucher si seulement il en avait la force. Et ce visage qui l'effleure lui donne la force de continuer son combat contre la matière brute, la matière stérile. C'est pour elle qu'il est là, dans cette vallée morbide. Il ne peut abandonner. La force de son amour lui ordonne de poursuivre jusqu'à l'épuisement total. Ses bras n'en peuvent plus de soulever son tamis, ses mains sont en sang, ses yeux sont fatigués de sonder à la recherche de paillettes.

Et à l'aube d'un jour de plus, alors qu'harassé il a atteint l'ultime limite avant l'effondrement, là, dans le tamis, apparaît le joyau, la perle, la pépite. Lourde dans sa main en lambeaux, elle pèse de tout le poids de son amour. A genoux, il pleure ce qui lui reste de larmes et balbutie des mots sans suite : "Marie, Marie, amour, ma vie".

Affaibli, amaigri, pitoyable, tel un fantôme Joseph réussit à se traîner jusqu'à Toulouse, serrant précieusement son trésor inespéré. Marie est là. Marie morte d'angoisse depuis qu'il est parti, ne sachant rien. Marie sans mots à la vue de cette apparition d'outre-tombe. Marie folle de bonheur qui pensait ne jamais le revoir. Marie qui panse, soigne, cajole son revenant, veille sur lui. Marie qui interroge mais en pure perte. Joseph ne répond pas sur le pourquoi de cette absence. Il la supplie de le croire quand il dit qu'il regrette les tourments qu'il lui a causés en lui cachant son départ, le but de cette aventure et sans lui donner le moindre signe de vie.

Joseph n'a plus beaucoup de temps devant lui pour finaliser son souhait. Il lui faut expédier cette pépite vers l'horticulteur, là-bas, tout au nord de la Finlande.

Et attendre. Attendre sa rose.

Elle arrive enfin cette rose. Mais, ô désespoir, toute fripée, toute fanée, à l'exception d'un seul pétale éclatant d'un rouge sombre. Les larmes viennent aux yeux de Joseph. Tant d'efforts, tant de lutte, tant de souffrances pour cette fleur qu'il juge indigne de Marie. Les larmes glissent le long des joues. Une larme vient se fondre au pétale survivant, l'enrichissant de mille feux.

Marie recevra cette fleur. Marie saura comprendre ce symbole de la souffrance que Joseph a endurée pour lui prouver son attachement. Elle ne retiendra que cet éclat de larme sur le pétale flamboyant de la force de l'amour.

Pétale témoin de leur amour forgé au cœur d'un monde devenu impitoyable à l'homme par la faute des hommes.

Pétale qui porte espoir pour les êtres qui vont au bout de leurs rêves, même les plus fous, même les plus délirants.

Le singulier trésor de la « Nef Templière» … et ce qu'il en advint !

par Gérard Loridon

Le 19 mars 1314, à Paris, un bûcher vient d'être allumé, dressé dans l'île aux Juifs, en face du palais de la cité. Le malheureux qui se trouve dans les flammes a le temps de hurler :

-   « Maudits ! Soyez maudits ! Avant un an, je vous cite à comparaître au tribunal de Dieu… »

C'est Jacques de Molay, le grand maître de l'ordre des Templiers, qui s'adresse au roi Philippe le Bel.

Ce dernier, en colère, devant cette admonestation publique aurait, paraît-il, regretté que la victime de son courroux n'ait pas été bâillonnée. Mais pourquoi cette ire du roi envers les Templiers ?

Les caisses royales sont vides ou presque. Les finances du royaume sont en faillite, malgré les taxes, impôts et emprunts. Alors, il va se lancer dans la dévaluation. Lui n'a pas de planche à billets, alors il va battre monnaie. Ce qui lui vaudra, dans l'histoire, le titre de Roi faux-monnayeur.

Le problème reste néanmoins présent, que reste-t-il comme solution, pour renflouer les caisses.

Tout simplement, s'emparer du trésor des Templiers, cet ordre d'une richesse arrogante qui attire depuis longtemps nombre de convoitises.

Mais lesdits Templiers sont de rudes guerriers, de «mauvais fers» comme on le dit à l'époque, capable de manier l'épée, certes pour défendre la religion, mais aussi leurs biens.

Il faudra un ordre royal pour s'en emparer, sous les prétextes fallacieux d'une vie luxurieuse, accompagnée des mœurs infâmes qui leur sont prêtées. Mais que certains, un petit nombre d'ailleurs, vont finir par avouer. Ces aveux sont ignoblement extorqués sous des tourments et tortures qu'ils subiront pendant des mois. Sauf pour ceux qui gèrent l'ordre, qui savent où se trouve l'or et qui eux ne parleront pas.

Alors au cours des siècles de nombreuses recherches auront lieu, pour retrouver le ou les trésors, car avec le temps il en est recensé plusieurs :
- celui des trois chariots quittant Paris pour l'Angleterre
- celui de la piste d'Aquitaine, région où se trouvaient des commanderies souvent inaccessibles
- celui de Rennes-le-Château.

Il est donc ainsi facile de s'éloigner du fait que les Templiers s'étaient fixés dans l'île de Chypre, proche du Moyen-Orient où ils avaient guerroyé défendant le tombeau du Christ. C'est-à-dire un lieu où il leur était loisible de stocker le fruit de leurs conquêtes, souvent de l'or, des bijoux et objets précieux.

Et comment sortir d'une île ? Par la mer, bien sûr, en embarquant le tout sur l'une de leurs nefs.

Il est donc fort possible que se sachant menacés, ils aient choisi de transporter une grande partie du métal précieux vers l'une de leurs commanderies européennes.

Revenons un peu dans le contexte historique.

La navigation de l'époque était lente et peu facile. Par exemple, on suivait les côtes, on ne se risquait pas en pleine mer. On ne naviguait pas la nuit, on mouillait le soir dans une anse à l'abri. Abri qui, cependant, n'était pas suffisant pour éviter les attaques des pirates barbaresques.

Et c'est ce qui aurait pu se produire avec cette nef, lourdement chargée, qui a quitté Chypre avec son précieux chargement. Le mystère plane car nul n'a plus entendu parler de ce navire totalement disparu.

Donc, peu de recherches ont été effectuées en mer laissant le champ libre à celles plus continentales.

Et pourtant…

C'est en parlant un jour à mon ami Achille, qui a vécu une partie de son existence de pêcheur, dans l'île de Porquerolles, que ce trésor a refait surface. Un terme un peu trop ambitieux, certes ! Ce qui attirait donc bien souvent les questions que je lui posais sachant qu'il avait mis souvent ses filets et nasses à langoustes sur ce que l'on nomme le Banc des Corailleurs. Il s'agit en fait d'un piton rocheux qui remonte proche de la surface, partant d'un plateau situé à cent mètres de profondeur dans ses abords immédiats et qui va atteindre très vite, après une falaise sous-marine, plusieurs centaines de mètres. Donc seulement accessible à ces plongeurs de l'impossible dans sa première partie. Eux seuls exercent cette noble, bien que trop redoutable, profession, pour aller chercher le corail rouge destiné, transformé en bijoux, à couvrir le corps de nos femmes et compagnes.

C'est ainsi qu'un jour, en lui parlant des épaves coulées en ce lieu dangereux, il m'a fait voir une pièce de monnaie ancienne, en argent, souvenir de l'une de ces pêches sur le banc dangereux.

- Tiens, regarde, ce que j'ai trouvé un jour dans l'une de mes nasses.

N'étant pas un numismate distingué, je me suis contenté de la prendre en photo me promettant de demander à mon ami Jipé, un fin connaisseur en trésor sous-marin, ce qu'il en était. Quand un jour à la fin d'un repas, au Provençal, le restaurant des plongeurs, à Sanary, je lui tendis la photographie, sa réponse fut pour le moins sibylline :

- Elle est bizarre ta pièce, car si je ne me trompe, on dirait de la monnaie templière.

Et d'insister :

- Tu l'as trouvé en collines. Non ? Alors en plongée, c'est surprenant car un trésor des Templiers en mer, à part la légende de la Nef de Chypre, je ne vois pas. Essaye d'en savoir plus.

Je retournais donc voir Achille :

- Dis-moi, cette pièce, elle était où, exactement ?

Lui, de me répondre en riant :

- Je vois que cela t'intéresse. Comme je te l'ai dit, et pour être plus précis, dans l'est de la roche, il y a peu de fond, vingt brasses peut-être. Note bien que, si tu veux y aller, je dois avoir gardé le plan et les insignes sur mon carnet.
- Par contre, il y a un autre pêcheur, un voisin, il est mort peuchère. Eh bien, lui aussi il en a trouvé et plusieurs paraît-il. Alors, on en a parlé à un archéologue qui est venu de Marseille.

Je me dis que, cette fois, je vais en savoir plus quand il reprend :

- Oui, que je t'explique : cet archéologue, un vieux bonhomme, ne croyait pas que nos pièces de monnaie venaient de la mer. À son avis, on ne disait pas tout.
- Non, ces pièces, il pensait que nous les avions trouvées dans l'île, nous disant que ce qu'il appelait la Nef des Templiers avait accosté pour y faire de l'eau. Lui, il avait retrouvé un vieux texte à ce sujet. Et donc le trésor était enfoui là. Il est revenu avec des ouvriers et ils ont fait des

trous de partout sans rien trouver. Aussi à la fin, il a abandonné, pas content, en nous regardant de travers, persuadé que c'était nous qui avions l'or, car lui parlait de pièces d'or...

- Voilà, tu sais tout mais je peux te dire et te répéter que nous, ces quelques pièces rares, on les a bien sorties de l'eau, sur le Banc des Corailleurs.

Ce que me disait Achille allait m'être confirmé, quelques jours après par Jipé. Lui aussi avait retrouvé le texte ancien de l'archéologue marseillais, mais dans son cas, juste la photo d'un parchemin venant d'un musée.

- Mais c'est tout. Cela n'explique pas comment le navire a disparu. À mon avis, tout simplement il a dû talonner sur le haut du récif qui est dangereux par une forte houle. Certainement, en voulant profiter d'un coup de vent d'est qui, le poussant par l'arrière, favorisait sa navigation. Ils ne se sont pas rendus compte que cela créait de grands creux, rendant dangereux le haut du récif sous-marin, sur lequel ils ont talonné. Aussi, le naufrage a dû être rapide.

- Ce qui est surprenant, c'est que c'est la première fois que de la monnaie de ce type apparaît.

Je me suis donc empressé de lui fournir les alignements qu'Achille venait de me donner.

Au premier jour de beau temps, Jipé est descendu au fond sur le banc, après avoir appareillé au port voisin. J'attendais son retour avec impatience.

Il n'avait pas la mine réjouie et, devant mon étonnement :

- Il y a effectivement un tas de bois divers provenant certainement des bordées du navire, quelques ferrailles aussi et cela…

Il me tend des anneaux en bronze d'un diamètre de quelques centimètres, sans aucun signe ni gravures :

- Ce sont certainement les anneaux pour la fermeture, qui étaient serrés sur des sacs de cuir de petite taille contenant le trésor !

Je le coupe :

- Oui bien sûr, mais alors où sont les pièces d'or ? Où sont ces sacs ?

Là il me regarde avec un air sarcastique et amer :

- Il y avait de l'or dans ces sacs…mais en poudre ! Ils se sont délités et la poudre d'or est maintenant mélangée au sable environnant. Il ne te reste plus qu'à louer une drague, sortir des mètres cubes de sédiments divers….

Reprenant son souffle :

- Et ce ne sera pas fini, il te faudra ensuite extraire la poudre d'or, ce qui n'est pas une petite affaire. ! Vaste programme !

Il était évident que ces travaux pharaoniques n'étaient pas réalisables.

Il ne me restait plus qu'à en faire état, pour corser mes conférences sur les richesses sous-marines. Nombre de questions m'étaient alors posées sur l'Or des Templiers. Ma réponse décevait le public et surtout des jeunes plongeurs présents.

Sauf qu'un soir, j'ai appris, que le moniteur et propriétaire d'un club de plongée, proche du lieu du naufrage, s'y intéressant, avait trouvé un singulier moyen de le rendre bénéfique.

Sa femme tenait la boutique associée au club. Elle y vendait du matériel de plongée bien sûr. Mais aussi des souvenirs provençaux, certains culinaires tels que le pâté de sansonnet ou de sanglier, des cartes postales, des poteries de cigales en couleur (made in China), des chiffons pour dames, etc....Le plus particulier des articles et le plus vendu provenait, disait-elle, de l'épave des Templiers.

Son mari beau et bronzé, charmeur des belles sirènes nordiques, instructeur rigoureux, bref le dieu de la mer et des profondeurs, en était le fournisseur assidu et exclusif. À cet effet, elle lui pardonnait volontiers ses frasques extra-conjugales. Et son « trésor », il voulait en être le seul et unique propriétaire.

Pour ce faire, une autorisation de fouilles lui avait été accordée par le ministère de la culture, permettant ainsi d'éloigner d'autres candidats hypothétiques.

Lors de chaque plongée sur la roche voisine, il prélevait devant ses stagiaires surpris, une ou deux poignées de sable. Sa femme le faisait sécher après l'avoir rincé à l'eau douce javellisée, pour en enlever des odeurs iodées persistantes. Ensuite, elle en remplissait des mini-sacs de cuir (en plastique made in Taïwan) cerclés d'une bague de laiton du supposé modèle de ceux qui se trouvaient censément sur l'épave disparue.

Enfin pour en garantir l'authenticité, il y était ajouté un court parchemin contant le tragique naufrage et surtout le titre du contenu affiché "Sable d'or des Templiers ».

Devant un tel succès, il avait pensé, comme Philippe le Bel, battre monnaie lui aussi, c'est-à-dire faire fabriquer de fausses pièces templières dites d'époque, qu'il aurait alors revendu clandestinement. Cette provenance frauduleuse aurait doublé ou triplé sa valeur.

Un de ses amis plongeurs, avocat de son état, auprès duquel il s'était renseigné, lui avait lu un texte de loi dans lequel étaient évoquées les lourdes peines frappant les faux-monnayeurs. Ce qui l'avait fait renoncer à ce projet sulfureux, disant à sa femme :

- Tu vois, rien n'a changé. Le roi de France avait le droit de créer des pièces pour renflouer le trésor royal, la république, elle, a le droit de sortir des billets de banque pour remplir ses caisses !
Et nous on a juste le droit de payer des taxes scélérates.

Amer, lors de la plongée suivante, il avait remonté un énorme sac de sable, se disant qu'avec celui-là, il aurait certes de quoi passer l'hiver. Mais, il devrait néanmoins s'acquitter de la TVA sur chacune des ventes.
Le grand maître Jacques de Molay lui, bien que brûlé vif, devait se retourner dans sa tombe fluviale, ses cendres ayant été jetées dans la Seine.

La Malédiction du Vendredi 13

par Corinne Toupillier

En cette année 1292, Jacques de Molay vient d'être élu
Grand Maître de l'Ordre du Temple après avoir combattu
en Terre sainte. Il n'avait que 21 ans lorsqu'il y fut admis
en 1265. Mais l'Ordre – fondé en 1128 – traverse une
période difficile. La défense des États latins d'Orient et
de Saint-Jean d'Acre contre les Mamelouks, en 1291, a
provoqué de nombreuses morts et la réputation de l'Ordre
s'en ressent. Aussi, de 1293 à 1305, Jacques de Molay va
diriger plusieurs expéditions contre les Musulmans. Elles
seront couronnées de succès. Aidé des Chevaliers de la
maison-mère, il s'emploie à la fois à reconquérir les Lieux
Saints et à nouer des alliances en Europe. Sous son
commandement, l'Ordre du Temple s'impose rapidement
comme l'une des organisations les plus prestigieuses de la
chrétienté médiévale.
En 1306, il propose au pape Clément V d'organiser une
croisade sous son égide. Le pape contacte les souverains
d'Occident afin d'en mettre au point l'organisation.

Mais, pendant ce temps, en France, le roi Philippe IV le
Bel, qui a emprunté de lourdes sommes au Temple, essaie
d'accumuler des charges contre l'Ordre en recueillant les
témoignages d'anciens Templiers. Il espère bien ainsi se
débarrasser de cette encombrante organisation et ne pas
rembourser ses dettes. Afin d'exercer également un

contrôle sur l'Eglise, il installe le pape au sein de son royaume. Son but : s'approprier les richesses de l'Ordre ainsi que celles des ordres religieux.

Pour parvenir à ses fins, le roi, inquiet de la puissance de l'Ordre, cherche par tous les moyens à le décrédibiliser. Il accuse les Templiers de pratiques obscènes et dépravées, de sodomie, de fornication, et surtout d'hérésie. À cette époque, Jacques de Molay ne s'en inquiète pas vraiment. Le 12 octobre 1307, il assiste à Paris, sans que cela pose problème, et même avec les honneurs dus à son rang, aux obsèques de Catherine de Courtenay, belle-sœur du roi, ignorant de ce qui se trame dans son dos.

Pourtant, le lendemain matin, le funeste vendredi 13 octobre 1307, à l'office des Laudes, il est arrêté sur ordre de Philippe le Bel. A la même heure, les sénéchaux et les baillis du royaume procèdent à une arrestation massive des Templiers à travers toute la France.

Dans un premier temps, Clément V s'insurge contre ces interpellations, qui, même si elles ont été faites au nom de l'Inquisition, n'ont pas été commanditées par le Saint-Siège et remettent en cause son autorité. Qu'importe ! Le 24 mars 1308, une assemblée réunie à Tours, demande « au nom du peuple français », que soient punis les accusés, précisant au roi qu'il n'a nul besoin de l'aval du pape pour punir ces hérétiques. Les autres souverains chrétiens, eux aussi, abandonnent Jacques de Molay et ses chevaliers.

De leurs côtés, les Inquisiteurs s'activent et torturent plus d'une centaine de Templiers, qui finissent par avouer tout ce dont on les accuse. Même Jacques de Molay, à son tour, finit par avouer des crimes qu'il n'a pas commis.

Philippe le Bel jubile.

Le pape, qui n'approuve pas les agissements du roi, convoque un concile œcuménique, qui ne s'ouvrira qu'en 1311. Il prendra position contre l'Ordre et approuvera les mesures réclamées par Philippe le Bel.

Jacques de Molay et plus de 500 Templiers se rétractent et se constituent défenseurs de l'Ordre. D'autres chevaliers, incarcérés un peu partout en France demandent à les rejoindre. Leur nombre atteint bientôt les 900, et ils commencent à être entendus. Soucieux, le roi décide que ce sont les Inquisiteurs qui jugeront les chevaliers, spécialement ceux qui se sont rétractés. Il leur donne des prérogatives qui ne laissent aucune chance aux accusés : le droit de les condamner sans les entendre et de les faire exécuter du jour au lendemain.

Tous ceux qui persistent dans la rétractation de leurs aveux sont livrés à la justice séculière et condamnés à périr par le feu. Ceux qui n'ont rien avoué sont condamnés à la réclusion à perpétuité. Le 11 mai 1310, 54 chevaliers sont entassés dans des chariots et emmenés à l'extérieur de Paris, derrière la porte St Antoine, où ils seront brûlés. Fidèles à leur courage de chevaliers, et à leur piété, ils périssent en chantant de saints cantiques. Leur abnégation et leur force déclenchent la pitié et l'admiration du peuple, qui, impressionné, se met à douter de leur culpabilité.

Malgré tout, l'Inquisition se poursuit. Le 13 mai 1310, les interrogatoires reprennent. Mais un incident vient perturber une séance. Un chevalier d'environ cinquante ans, Templier depuis 28 ans, interrompt la lecture des actes d'accusation, et avoue que, terrorisé à l'idée de périr dans les flammes, « il aurait même avoué avoir tué Dieu si on le lui avait demandé ». Cette intervention perturbe si violemment les membres du Concile qu'ils décident de reporter les interrogatoires, qui ne reprendront que six mois plus tard, en décembre 1310.

Le Concile, plusieurs fois reporté, démarre enfin, le 13 octobre 1311, jour anniversaire de l'arrestation massive des Templiers quatre ans plus tôt.
Des bruits courent disant que seuls les Templiers condamnés par le roi ont avoué. Afin de faire taire ces rumeurs, Clément V, par bulles papales, autorise - voire incite - les rois d'Angleterre, de Chypre, d'Aragon et du Portugal à utiliser la torture, même si ce n'est pas dans leurs habitudes. L'Evêque de Nîmes et l'Archevêque de Pise adhèrent également aux exhortations du pape.
Durant le procès, neuf chevaliers viennent prendre la défense des Templiers accusés. Mais le pape ne leur en laisse pas le loisir et, malgré l'avis contraire des membres du Concile, les fait jeter aux fers, ce dont il se vantera, bien sûr, auprès du souverain. Les Templiers sont accusés des pires turpitudes, obscénités et sacrilèges. On les accuse également de renier le Christ, d'être des adorateurs du Diable, de ne pas consacrer les hosties, de ne pas reconnaitre les saints sacrements, de pratiquer des « baisers impudiques », et même de cracher sur la Croix ! Pour ne pas être en reste, on les inculpe aussi d'idolâtrie. L'objet de leur adoration est tantôt un chat, une tête humaine, ou encore un démon, idole que l'on finit par gratifier du nom de Baphomet.

Se basant sur toutes ces calomnies, on conclut que leurs biens n'ont pas pu être acquis honnêtement, ce qui légitime les perquisitions ordonnées par Philipe le Bel dans tous les Temples. Ses sergents ne trouvent pourtant pas ce qu'ils espéraient ! Pas d'ouvrages hérétiques, pas d'idoles et surtout aucun texte exposant une soi-disant « Règle secrète » au nom de laquelle tous ces crimes auraient été perpétrés. Seul un administrateur des biens séquestrés, Guillaume Pidoye, produit « une tête de femme en argent renfermant des morceaux de crânes enveloppés dans un linge ». Ce n'est vraisemblablement, qu'une simple relique, mais dans le contexte, elle produit son effet !

Aucune preuve concrète n'est apportée. Seules les dépositions orales, extorquées par les Inquisiteurs sont retenues. Toutes étaient réfutables et le comportement des chevaliers du Temple atteste de leur innocence. Ils ont préféré la mort aux aveux, et ceux qui avaient avoué sous la torture ont aussi choisi de mourir plutôt que de réitérer leurs déclarations. Mais malgré les invraisemblances, l'horreur des tortures et des méthodes employées, certains ont de bonnes raisons de les faire taire et d'empêcher que la lumière soit faite.

C'est dans ce contexte que le 3 avril 1312, le pape produit la bulle « Vox in excelso » qui reconnait que rien ne permet de prononcer une sentence canonique contre l'Ordre, mais qui le supprime purement et simplement, avec « l'approbation du Concile ». Il prononce l'interdiction, sous peine d'être excommunié, de faire usage du nom ou des symboles templiers.

Tous les biens de l'Ordre sont confisqués et échoient au Saint-Siège, sensé les remettre aux Hospitaliers. Mais, le roi en profite pour se servir largement et annuler toutes ses dettes. En outre, il s'octroie tout l'argent des banques du Temple, ainsi que leurs biens immobiliers, dont il percevra les revenus jusqu'à son dernier jour.

S'ils acceptent d'être humiliés en passant aux aveux, les Templiers prisonniers sont relâchés. Ceux qui se sont rétractés tombent sous le coup de la loi inquisitoriale. C'est le cas de Jacques de Molay. Philippe le Bel et Clément V ne veulent qu'une seule chose : qu'il reconnaisse que sa condamnation, basée sur la « vérité » des accusations contre l'Ordre et la véracité des témoignages, est juste. Avec trois autres chevaliers, dont Geoffroy de Charnay, le précepteur de Normandie et ami du roi, il est conduit au portail Notre-Dame. Contrairement à ce que ses juges attendent, il refuse de renouveler sa confession des crimes de l'Ordre qui donneraient raison à la justice royale.

C'est donc au terme de cet inéquitable procès, qu'en mars 1314, un bûcher est dressé sur l'île aux Juifs, face à la cathédrale Notre-Dame. On fait monter les deux accusés sur le brasier, qu'on allume doucement afin qu'ils périssent à petit feu ! Avant de mourir, Jacques de Molay se rétracte une dernière fois. Puis, fidèle à l'Ordre dont il clame l'innocence, il s'adresse aux deux puissants qui ont commandité sa destruction : le roi de France qui a conspiré contre les Templiers et le pape qui l'a soutenu : « *Seigneurs, au moins laissez-moi joindre un peu mes mains et vers Dieu faire oraison, car c'en est le temps et la saison : je vois ici mon jugement. Dieu sait qui a tort et qui a péché. Le malheur s'abattra bientôt sur ceux qui nous ont condamnés à tort. Dieu vengera notre mort. Seigneurs, ne vous y trompez pas, sachez qu'en vérité tous ceux qui sont contre nous, par nous auront à souffrir.*

Et pour finir il ajoute : *« Clément ! Philippe ! Juges iniques et cruels bourreaux ! Je vous ajourne à comparaître, dans moins d'un an, devant le tribunal du souverain juge. En cette foi, je veux mourir. Je vous supplie de tourner mon visage vers la Vierge Marie, dont est né notre Seigneur Christ. »*

Emu par ces paroles et par ce sinistre spectacle, le peuple pleure et, un peu plus tard, des religieux viennent recueillir leurs cendres et les mettre à l'abri dans des lieux saints.

Alors, qu'en est-il de cette malédiction ?   S'est-elle réalisée ?

Toujours est-il, que le mois suivant, le 20 avril 1314, le Pape Clément V meurt (d'un cancer des intestins semble-t-il), et quelques mois plus tard, le 29 novembre, c'est le tour de Philippe le Bel qui perd la vie dans un accident de cheval pendant une partie de chasse. Moins d'une année s'est écoulée…

Et ce n'est pas tout :

Le 5 juin 1316, c'est au tour de Louis X, dit le Hutin, le fils aîné de Philippe le Bel, de mourir à 26 ans d'une pneumonie – à moins qu'il n'ait été empoisonné, comme le laissent entendre certaines rumeurs.

Le 19 novembre 1316, c'est son fils Jean 1er, dit le Posthume qui décède (il est né quatre jours auparavant, le 15 novembre).

Le 3 janvier 1322, son fils Philippe V le Long, atteint de dysenterie et de fièvre quarte, s'éteint à 29 ans malgré les soins qui lui sont donnés à l'aide de bois et de clou de la Sainte Croix. Il n'a pas de descendance mâle, seulement des filles.

Le 1er février 1328, enfin, c'est son frère cadet Charles IV le Bel, qui lui a succédé, qui s'éteint à 33 ans. Lui non plus n'a pas d'héritier.

Ainsi, en l'espace de quatorze ans, les trois fils de Philippe le Bel sont morts sans laisser d'héritiers.

C'est ainsi que s'achève le règne des Capétiens... et que débute la « superstition » du vendredi 13.

Et si on va plus loin : la treizième génération après Philippe le Bel n'est-elle pas celle de Louis XVI, qui finit guillotiné sur l'échafaud ?

Cette malédiction a donné aussi naissance à de nombreuses histoires de fantômes. Voici ce qu'on raconte :

- Chaque année, au Cirque de Gavarnie dans les Pyrénées, dans la nuit du 12 au 13 octobre, un spectre erre et demande : « Qui défendra le Saint Temple ? ». Six voix lui répondent, ce sont celles des Templiers enterrés dans la chapelle, et qui clament trois fois de suite : « Personne ! Personne ! Le Temple est détruit. »

- Toujours au Cirque de Gavarnie, dans la nuit du 18 mars, « apparaît » le fantôme de Jacques de Molay qui se glisse sous l'arche de la petite église – où sont rangés dans une armoire, les crânes des six Templiers qui ont échappé au massacre de Philippe le Bel et qui ont réussi à se réfugier dans les Pyrénées...

- Dans l'Aude, au château de Bézu : une des métairies possède un puits, dans lequel fut jetée une cloche ayant appartenu aux Templiers. Tous les ans, dans la nuit du 12 au 13 octobre, la cloche sonne le glas tandis que les fantômes blancs des Templiers, abandonnant le cimetière, remontent en file indienne vers le château... Lorsqu'ils arrivent au niveau des ruines, la cloche cesse et se tait... jusqu'à l'année suivante.

- A Paris, dans la tour du Temple, un spectre apparait dans la nuit du 3 au 4 avril et demande : « Qui veut défendre le Saint-Sépulcre ? », à quoi une autre voix répond : «Personne, le Temple est détruit».

- Entre Bazoilles-sur-Meuse et Harréville-les-Chanteurs, se promène sur le chemin un mystérieux cavalier, vêtu d'une grande cape qui se contente de saluer les voyageurs qu'il croise...

Sa bravoure et son intégrité jusque sur le bûcher, ont fait de Jacques de Molay un héros face aux manigances du roi et du pape... et même un personnage de légende.

Les événements qui suivirent sa malédiction ont frappé les esprits : trois fils qui décèdent, aucun n'ayant d'héritier mâle, un roi puissant qui meurt dans un simple accident de cheval, toute une dynastie décimée en quelques années...

Comment ne pas y voir une dimension surnaturelle ? D'autant que les premiers événements se sont produits dans les mois qui ont suivi la malédiction, exactement comme l'avait prédit Jacques de Molay !

Et surtout, surtout, comment ne pas se méfier des vendredis 13, de bien sinistre augure ?

*Eglise d'Ydes-bourg(Cantal) construite au XIIème siècle
par les Templiers (photo R. Laborie)*

Le charbonnier et le Templier

par Jean-Louis Prud'homme

Mercredi 4 juin 1309.

Au cœur du bois de Lempre, Jehan le charbonnier s'arrêta un instant de fendre des bûches de trois pieds de long. Il jeta un œil vers son fils Pierre, son aîné, à peine âgé de treize ans. Près d'un gros tas d'argile, de ses petites mains, il empilait, en les inclinant adroitement, les morceaux de bois autour de la cheminée centrale que lui, Jehan, avait façonnée avec de longues perches. Son fils arriverait bientôt au faîte de la meule d'un diamètre de deux toises. Alors viendrait le temps de couvrir, d'une couche épaisse de cette glaise entassée près du bûcher, le dôme qui culminerait à une hauteur d'une toise et deux pieds. Après y avoir mis le feu, il songea qu'il lui faudrait patienter avant que la combustion eût produit son effet. De sa large pelle, il devrait encore éteindre le foyer en jetant de larges brassées de terre. Trois semaines à rester ici à surveiller nuit et jour le fourneau en se relayant avec son fils, pour récolter le chiche produit de son pénible labeur que les maréchaux lui barguigneraient.

Il s'apitoya sur le sort de son fils, courbé par le dur labeur.
- Que ne donnerais-je pour épargner à ce pauvre enfant cette besogne.

Il allait retourner à sa tâche quand le son d'une trompe résonna.

- Sire Etienne traque le sanglier.

Sans se préoccuper, il se remit à fendre ses bûches. Il s'inquiéta quand le son de la trompe se rapprocha. Il s'arrêta, soudain surpris. Pas un chien qui aboya.

- Quelle est donc cette chasse ?

Soudain, d'un fourré, jaillit un homme vêtu de la cotte d'arme blanche du Temple qui recouvrait en partie le haubert de mailles. Le tissu immaculé se mouillait largement de sang. Une longue balafre sanguinolente sillonnait le visage glabre. Une profonde entaille fendait le bras tenant l'épée.

- Me reconnais-tu, charbonnier ?

Jehan s'inclina, baisa la main du Templier.

- Vous êtes frère Amaury, de l'ordre du Temple. Vous avez soigné mon épouse à la naissance de ma cadette.

- J'ai les gens d'armes du roi aux trousses. Peux-tu me procurer un abri ?

- Un abri, messire ? Où cela dans cet essart ?

- Sauve-moi ! Je te confierai un secret du Temple qui soulagera ton fardeau.

- Ce n'est pas mauvaise volonté, messire, mais regardez autour de vous, il n'y a rien.

- Et là, ne pourrais-je me glisser dans la cheminée de ton fourneau ?

- Saurez-vous vous hisser au faîte, messire ?

- Avec ton aide, sans doute. Donne-moi ton bras !

Pendant toute l'ascension, le frère chuchota à l'oreille de Jehan.

- Près de Lempret, en fouillant le sol, tu découvriras des filons d'une terre noire, brillante, qui brûle et se révèle excellente pour la forge. Elle te chauffera et te nourrira toi, ta famille et tes descendants pendant des décennies.

- Où exactement, messire ?

Les gens d'armes étaient maintenant tout proche. Ils pouvaient entendre leurs cris et leurs jurons.

- Pressons, ils arrivent. Quand je sortirai sauf, je te tracerai un plan précis.

Le Templier se laissa couler au fond du conduit vertical. Jehan sauta en bas du bûcher. Il fit mine de s'activer avec son fils à monter la meule de bois.

- Holà, manant ! Aurais-tu vu un maudit sorcier du Temple ?

- Un Templier ? Ma foi, messire, à part mon fils et vous, je n'ai vu personne depuis la sonnaille de l'Angélus du matin.

- Si tu le vois, sa tête vaut un écu d'or de Louis le neuvième.

Les yeux de l'enfant brillèrent. Un tel écu valait plus de trois fois la nouvelle pièce. Le sergent fixa l'enfant.

- Aurais-tu vu quelqu'un, marmouset ?

Pierre scruta son père qui, du regard, lui intima de se taire. L'enfant baissa la tête. Il faisait compte de tout ce que la famille pourrait faire avec ce pécule. Gardant la tête baissée, il fit un signe du pouce par-dessus son épaule pour indiquer le bûcher en préparation. L'homme d'armes s'esclaffa.

- Allons-y compagnons. La bête est accouée dans sa bauge. Harloup mes beaux, sonnons l'hallali ! Préparez les torches.

- Non, hurla Jehan. Laissez-le sortir. C'est un homme de Dieu, pas un sorcier.

- La justice du Roi a déjà été rendue. Le châtiment pour sorcellerie est le bûcher. C'est le jugement de Dieu qui l'a conduit ici.

Les gens d'armes ramassèrent des fagots de bruyère, en bourrèrent l'étroite galerie horizontale ménagée à la base du dôme inachevé. Ils en firent également des brandons qu'ils plongèrent dans le foyer de pierres que le charbonnier maintenait constamment allumé.

Après que le sergent de justice eut prononcé les termes du jugement, les soudards approchèrent leurs torches enflammées de la brande qui s'embrasa en crépitant. Très vite, du foyer, montèrent vers le ciel de hautes flammes. Du centre de la meule, une voix mâle entonna un vibrant Gloria. Peu après, une fumée âcre agressa désagréablement les narines. Du foyer jaillit alors un long cri.

- Par le Christ-Roi ressuscité, soyez maudits jusqu'à la huitième génération !

Jehan pleurait. Il ne vit pas son fils qui réclamait son dû au sergent.

- Manant ! Tu oses mander un écu d'or alors que tu as caché un mécréant, condamné par notre Sainte Mère l'Eglise. Estime-toi heureux que je te laisse la vie sauve.

Il gifla l'enfant d'un revers de son gant et s'éloigna avec sa troupe. Une fois la piétaille partie, Jehan tança son fils.

- Qu'as-tu fait malheureux ? Nous voilà maudits.

- Mais, père, avant de mourir, le frère t'a révélé l'emplacement du Trésor du Temple.

- Un homme d'Eglise est mort, et tout ce qui t'intéresse c'est l'or du Temple !

- Père, père, songe à ce que nous pourrons faire avec ces richesses. Finies les corvées, la misère.

Jehan hésita. De ses ongles noirs, il se racla la barbe. Après une longue hésitation, la cupidité l'emporta.

- Il a simplement dit « près de Lempret, en fouillant le sol, tu découvriras des filons d'une terre noire, brillante, qui brûle et se révèle excellente pour la forge ». Le territoire est vaste à cet endroit.

- Ça n'est pas important père. Dès demain nous commencerons à retourner la terre. Nous ne nous arrêterons que quand nous aurons trouvé.

A l'heure des laudes, père et fils, hotte sur le dos, houe et bêche en bois sur l'épaule, gagnèrent les hauteurs proches. Le père contempla, désespéré, toute la surface qui s'offrait à eux.

- Par où commence-t-on ?

- Peu importe, père. Fouissons le sol.

Ils travaillèrent tout le jour jusqu'à l'heure des complies. Chaque fois qu'ils trouvaient une pierre noire, ils essayaient de l'enflammer. En vain. Ils revinrent le lendemain et tous les jours qui suivirent, sauf le jour du seigneur, toujours sans résultat. Ils négligèrent leur travail de charbonnier laissant à d'autres le soin de défourner leur charbon. Désormais, plus un denier ne rentrait au foyer. La femme de Jehan et ses enfants en bas âge commencèrent à crier famine. Ils ne furent pas entendus. Un jour de la fin de l'été, en rentrant, Jehan trouva la chaumière désertée. Loin de l'accabler, ce départ le poussa à redoubler d'efforts. Père et fils pestaient contre les jours qui raccourcissaient, ne leur laissant pas assez de temps pour prospecter.

Ils fouillaient la terre, prospectant toujours plus loin, toujours vainement. Ils en vinrent à oublier le jour du seigneur. Dans tout le bourg on ne parlait plus que des deux fous qui cherchaient le trésor du Temple. On se signait à leur passage puis, dans leur dos, on se touchait le front. Bientôt la faim tenailla à leur tour le père et le fils. A l'automne, ils disputèrent les glands aux sangliers, récoltant quelques champignons qu'ils mangeaient crus pour ne pas perdre de temps dans leur quête ou tirant du sol des racines amères qu'ils gardaient longuement en bouche pour apaiser la faim.

Quand vint l'hiver, un des plus rigoureux que l'on eut connu sur la seigneurie, l'homme et son fils, démunis de tout, disparurent. Ce n'est qu'au printemps qu'un meneur de troupeau retrouva leurs corps enlacés. Il se signa par trois fois avant de séparer les deux cadavres. Lorsqu'il se pencha pour reconnaître les deux malheureux, il découvrit un sourire accroché à leurs visages figés.

L'enfant serrait dans sa main un morceau de pierre noire, brillante, friable. Le paysan la saisit, l'examina. Il sourit. Des filons de cette mauvaise terre affleuraient de partout. Sa qualité était tellement mauvaise que même les herbes folles refusaient d'y pousser. Il cracha, la jeta sur le chemin pierreux, l'écrasa sous le talon de son sabot. Un coup de vent dispersa la poussière.

Il fallut attendre le seizième siècle pour qu'on découvrît le charbon et trois siècles encore pour son exploitation industrielle.

Louis Hercule de Pollalion
baron de Glavenas,

Militaire, chevalier de la légion d'honneur, artiste peintre et collectionneur d'art (1782 Le Puy en Velay - 1864 Paris)

par François Lacoste

Louis Anne Charles Hercule de Pollalion de Glavenas, beau-père d'Ernest Tyssandier d'Escous, rénovateur de la race bovine de Salers au XIXème siècle, et grand-père maternel du duc de La Salle de Rochemaure, aristocrate légendaire de Haute Auvergne à la Belle Epoque, est né au Puy en Velay en mai 1782.

Il est le fils aîné de Jacques Charles de Pollalion marié à Marguerite Marceline de Pastourel de Beaux. La famille de Glavenas est originaire du Gévaudan qu'elle a dû abandonner au moment des guerres de religion.

Louis Hercule de Pollalion de Glavenas entre dans l'armée au 4ème régiment des chasseurs en l'an XII. Il fait les campagnes de l'an XII et de l'an XIV, les campagnes de 1806, 1807, 1808, 1809, 1810 et 1811. Il termine sa carrière militaire comme lieutenant de cavalerie en 1814 et garde du corps du Roi dans la compagnie de Gramont en 1815. Il est fait chevalier de la légion d'honneur en septembre 1814. Il prête serment au roi en mars 1817 pour continuer de percevoir sa pension de la légion d'honneur.

Il se marie avec Emilie de Sales du Doux à Yolet (Cantal) en février 1815.

Militaire à la retraite, Louis Hercule de Pollalion de Glavenas s'adonne à la peinture. Il fait les portraits des membres de sa famille. Plusieurs de ses productions, dont une grande toile de 3m sur 3m50 représentant sa famille, sont répertoriées dans le Dictionnaire Iconographique d'Ambroise Tardieu de 1904. En 1878, lors de sa visite à Ayrens, Joseph d'Ayrenx relate sa rencontre avec ses lointains parents au château de Clavières dans l'ouvrage « Souvenirs et impressions de mon voyage en Auvergne ». Il mentionne les nombreux tableaux de famille à l'intérieur du château. *« Madame de la Salle me fit parcourir une galerie de tableaux de famille, qui tous offrent le plus grand intérêt ; la finesse de ces peintures me fit croire qu'ils étaient dus au pinceau d'un de nos grands maîtres. Madame de La Salle me dit en souriant que l'auteur de ces tableaux était son père qui avait consacré ses loisirs à reproduire une partie de la famille. »*

Dans la décennie 1840-1850, Louis Hercule de Pollalion s'installe à Paris. Il présente deux de ses créations à l'exposition du musée royal en mars 1847 : une peinture « Extérieur d'une ferme à vacherie près d'Aurillac » et un fixé (ou peinture sur verre inversé) « Château du Doux ». En 1850, il produit un camaïeu « Château de Saint Etienne à Aurillac », et une « Résurrection du Christ ». Il est alors mentionné dans les annales des peintres et graveurs, ou dessinateurs lithographes, de Paris. Son atelier de la rue Jacob à Paris est transféré à la rue du Dragon en 1858.

Louis Hercule de Pollalion de Glavenas est aussi un collectionneur d'art. En 1833, il fait don au musée Crozatier du Puy d'un portrait de Marguerite de Valois attribué à l'atelier de Clouet et d'un portrait de Marie Stuart attribué à Porbus. Un inventaire réalisé en 1840 mentionne également le don au musée du Puy par Hercule de Glavenas de plusieurs petits vases trouvés à Herculanum, peut-être quelques souvenirs rapportés d'Italie avec les armées napoléoniennes. Un premier portrait d'Hercule de Glavenas à Naples peint en 1812 par Girodet, élève de David, et un deuxième portrait peint en 1834 par Guérin, directeur de la Villa Médicis à Rome, exposés dans une galerie du château de Clavières à Ayrens sont répertoriés dans le Dictionnaire iconographique d'Ambroise Tardieu.

L'activité d'artiste peintre, sûrement complétée d'une activité de marchand d'art, est source de quelques revenus. En 1855, Louis Hercule de Pollalion de Glavenas acquiert trois immeubles à Paris, rue Bonaparte, rue de la Visitation des Dames Sainte Marie, rue de l'Echaudé Saint Germain. Il décède en avril 1864 dans sa maison de la rue Bonaparte à Paris.

En février 1866, ses quatre enfants vendent aux enchères les trois immeubles à Paris. Les immeubles au Puy en Velay sont alors aussi cédés dans les mêmes conditions.

Où sont exposées aujourd'hui les peintures, les gravures et les lithographies d'Hercule de Glavenas?

****

Sources : AD du Cantal et de la Haute Loire, base Léonore, Archives Nationales (Cahier des charges de la mise en vente des immeubles parisiens chez Me Planchat décembre 1865), Annales de la Société d'Agriculture, Sciences, Art et Commerce du Puy, Explication des ouvrages de peinture, sculpture, architecture, gravure et lithographie des artistes vivants exposés au musée royal le 16 mars 1847, Annuaire des artistes et amateurs par Paul Lacroix 1862, Inventaire du fonds français après 1850 par Jean Adhémar, ...

L'assiette

par Micheline Boland

25 février. Il fait un temps de chien. Il vente. Il pleut. Et le cœur de Lise est en berne. Elle se rend compte que c'est bel et bien la fin de son histoire d'amour. La veille, Nicolas, son compagnon depuis 22 ans, lui a annoncé qu'il avait pris la décision de la quitter. Ça lui est tombé dessus au "Petit Paris" après le plat principal. Embarrassé, Nicolas a bafouillé : "Tu sais Lise il faut vivre chaque jour comme si c'était le dernier. Tu as fêté tes 60 ans, dans quelques semaines j'aurai ton âge. J'ai peur de rater quelque chose. J'ai été immédiatement séduit en rencontrant Virginie, la nouvelle secrétaire du service. Elle a 15 ans de moins que moi, mais c'est un véritable coup de foudre entre nous. Je n'ai rien à te reprocher. Je t'apprécie toujours, mais nous nous enlisons dans la routine. Pour toi comme pour moi, il serait bon de nous offrir une autre chance. Je resterai ton ami si tu l'acceptes. Comment oublier ces années passées ensemble ? Tu pourras toujours compter sur moi…Le premier mars, je m'en vais. Je vais vivre chez Virginie. Je n'emporterai que quelques babioles qui me viennent de ma famille et aussi mes effets personnels. D'ici là, je me ferai tout petit pour ne pas te gêner."

Lise n'a pas bronché. À quoi cela aurait-il servi de se fâcher si ce n'est à attirer l'attention des autres clients du restaurant ? Elle a juste dit :"Je comprends. Vingt-deux ans ça devient rare de nos jours." Nicolas a répondu : "Je suis content de ta réaction. Excuse-moi si j'ai été maladroit. Oui, excuse-moi, Lise !"

Le garçon est venu demander s'ils voulaient un dessert. Ils ont choisi de prendre un café. Nicolas a parlé des problèmes de santé de sa mère. Ils ont passé le reste du repas à éviter de se regarder et sont rentrés chez eux comme ils étaient venus en marchant d'un bon pas. Lise s'est couchée dans le grand lit et Nicolas a préféré dormir sur le clic-clac de la chambre d'ami.

Il tombe des cordes et Lise rumine, elle pense se venger tôt ou tard…

Les jours suivants, Nicolas passe à peine quelques minutes dans l'appartement.

Le premier mars après le départ définitif de Nicolas, Lise compte l'argent de la tirelire où les invités à sa fête d'anniversaire ont glissé leur participation à son cadeau. Il y a un peu plus de 1500 euros. De quoi s'offrir un petit voyage pendant les vacances de Pâques. De quoi se distraire un peu. De quoi surtout pouvoir éviter la rencontre d'amis et connaissances dans les rues d'Arras. Les gens ne sont-ils pas parfois tellement curieux et indélicats ?

Pour s'éloigner, pourquoi ne pas aller revoir les châteaux de la Loire ? Lise s'informe sur Internet. Le dimanche à Chambord, il y a marché artisanal, cortège historique, spectacle son et lumière. Son choix se fixe donc sur Chambord, son château préféré. Elle adore l'escalier à vis, les arcades, l'appartement aménagé dans le donjon, la pierre blanche, et le reflet de cette résidence royale dans le grand étang. Pourquoi hésiterait-elle ?

Le troisième dimanche d'avril en matinée, Lise est à Chambord. Elle écoute le guide donner des détails sur la vie de François 1er ; elle reste légèrement à l'écart du groupe, se penche et ramasse discrètement une pierre qu'elle glisse dans son sac. Elle s'imagine que personne ne l'a vue. Pourtant un homme l'a repérée et sourit : Paul, 59 ans. Il vient de Lille, il est veuf. Il est grand et mince. Les cheveux grisonnants coupés courts, il porte un jeans, une chemise blanche et un veston bleu. Il prend de temps en temps une photo. Lorsque Lise demande au guide s'il est vrai que l'escalier magique qui se trouve face à elle est vraiment unique au monde, Paul devine à l'accent que cette charmante dame est elle aussi originaire du nord.
Après la visite, sous le prétexte de la renseigner au sujet de l'escalier, Paul invite Lise à venir prendre un verre avec lui. Elle accepte. Ils bavardent ensemble un bon moment, de tout et de rien. Paul adopte un ton enjoué. Le courant passe bien entre eux. Alors, Paul demande : "Pourquoi avez-vous emporté une pierre ?" Lise explique qu'elle aime conserver de tels souvenirs des endroits qu'elle apprécie le plus et Chambord en est un ! Elle ajoute qu'elle aime ranger ces petits trésors dans le meuble-vitrine hérité de sa grand-mère. Quand elle parle, elle a des rides sur les joues, les rides du sourire, et cela séduit Paul. Paul et Lise se découvrent un ami commun, Albert, professeur à l'université catholique de Lille. Est-ce là un signe du destin pour leur faire prendre conscience qu'ils étaient faits pour se rencontrer ?

Paul et Lise déjeunent ensemble. Le Sancerre blanc choisi par Paul comble leurs papilles, pour l'accompagner ils fixent ensuite tous deux leur choix sur un sandre au beurre blanc. Après le repas, ils parcourent le marché artisanal et une brocante. Lise y achète une assiette chinoise décorée de pivoines, magnolias et marguerites qui intéressait aussi Paul. Ainsi, en peu de temps, ils se découvrent les mêmes goûts.

Le soir, durant le dîner, la fraîcheur et la légèreté du Saumur blanc leur montent un peu à la tête. Paul invite Lise à l'accompagner en Normandie où il a réservé une chambre d'hôte dans un endroit délicieux d'où il compte rayonner pour visiter les plages du débarquement. Lise n'hésite pas. Paul téléphone au propriétaire et réserve la dernière chambre pour Lise. "Ainsi nous resterons ensemble pour les repas et les visites." Paul garde sa main posée sur celle de Lise. Il l'accompagne jusqu'à son hôtel et en guise de "bonne nuit" lui vole un petit baiser.

Les quatre jours qu'ils passent en bord de mer sont délicieux. L'histoire avec un grand H se mêle au rêve. Ils conviennent de se revoir le week-end tantôt à Arras, tantôt à Lille.

Le lendemain de son retour, Lise reçoit la visite de François, son ami antiquaire. À la vue de l'assiette il s'exclame :
"- Mais ça vaut une fortune. Où as-tu trouvé ça ?
- Sur une brocante à Chambord ; en marchandant je l'ai payée 15 euros, on m'en demandait vingt.

- Quinze euros ! Mais ça vaut au moins quinze fois plus! C'est de la dynastie Qing !"

Lors de sa première visite à Lille, Lise s'aperçoit que Paul collectionne les coquetiers anciens mais aussi les vieilles assiettes chinoises. Il garde tous ces trésors dans un meuble-vitrine en acajou. Comme par magie, ils s'accordent sur tant de sujets.

Lise se rend compte qu'elle a besoin de l'odeur, des bras, des caresses, des sourires, des paroles de Paul. Ils lui sont devenus indispensables. Contre toute attente, dans leur existence, la lumière semble avoir définitivement gagné la partie. Se voir les week-ends leur est bientôt insuffisant. Hélas, Lise voudrait pouvoir atteindre l'âge de prendre sa retraite à taux plein et Paul se refuse à abandonner son frère Michel avec lequel il dirige un cabinet d'assurances !

Si au début, Michel tolère mal que son frère ait trouvé une compagne et ait ainsi trahi Marie-France, sa défunte épouse, il change rapidement d'opinion, enchanté par Lise et sa joie de vivre.
Un jour Lise entend la chanson "L'argent ne fait pas le bonheur" et décide de prendre sa retraite anticipée. Elle loue rapidement son appartement et va s'installer chez Paul.

Maintenant, dans le salon de Paul, il y a deux vitrines : celle de Lise avec sa collection de pierres et sa superbe assiette chinoise, et la sienne avec ses coquetiers et six petites assiettes en porcelaine de Chine.

Quelques mois après l'installation de Lise à Lille, Paul commence à la harceler pour obtenir que l'assiette achetée à Chambord prenne place dans sa propre vitrine. "Elle serait mieux mise en valeur entourée par mes six assiettes", insiste-t-il. Lise refuse. Paul prend la grande assiette pour la disposer au milieu des siennes, il dit "Regarde comme elles sont bien assorties. Si on les mettait dans ta vitrine ?" Lise refuse prétextant que son assiette est unique et doit rester seule. Paul s'apprête à remettre l'assiette de Lise avec les pierres, mais malencontreusement la laisse tomber…Lise éclate en sanglots.

Pendant des semaines, leur bel amour semble s'être effiloché. Le climat s'est assombri. Entre eux règne une sorte de colère froide. Paul et Lise ne sont plus les amants d'un paradis perdu. Lise rumine sa vengeance. Elle est persuadée que Paul a cassé volontairement son assiette sans en connaître la valeur inestimable. Paul se demande pourquoi Lise devient si désagréable.

"Ce sont juste des mauvais jours", pense-t-il. "La nuit qui descend plus vite, les feuilles qui tombent rappellent que nul n'échappera à sa destinée." Il agit selon son cœur, lui offre plus souvent des fleurs, l'invite à un spectacle enchanteur, l'emmène en week-end à Nice, puis à Venise et encore à Vienne et à Madrid. Mais la bonne humeur de Lise n'est plus qu'éphémère. Paul voit glisser des nuages dans son beau regard bleu.
Un soir, il entend Lise qui téléphone dans le bureau. Il s'approche à pas feutrés. Peut-être saura-t-il de quel mal

secret elle souffre ? Il saisit des bribes de la conversation :
"C'est terrible. Je dors mal... Je t'assure, Marie-Paule, il l'a
fait exprès....Franchement, tu penses que c'est possible que
ce soit un accident ? ..."

Lise, sa tendre Lise, n'arrive pas à rebondir. Il lui faudrait
se libérer de ce fâcheux souvenir pour redevenir l'oiseau
innocent qu'elle était. Paul prend sa décision. Le
lendemain, il saisit une à une ses six petites assiettes
chinoises pour les nettoyer avec une peau. Il en laisse
tomber une. Lise crie :"Merde...Ça recommence." Paul
s'approche d'elle, la prend par les épaules: "Ce n'est pas
grave. Tu me connais, je suis un peu maladroit. Ne te
tracasse pas. J'en retrouverai une." Lise pleure : "Oh Paul !
Qu'est-ce qui nous arrive ? "

En 6 mois, Paul casse les six petites assiettes. Chaque fois,
Lise pleure à chaudes larmes. Le 1er mai, en plus du
traditionnel brin de muguet, Paul offre à sa chère
compagne, une grande assiette en porcelaine de Chine
décorée de pivoines, magnolias et marguerites. Depuis plus
de deux mois, il l'avait cherché ce trésor de l'époque Qing
et il avait dû se rendre plusieurs fois à Paris avant de le
dénicher. Depuis plus de deux mois, il brûlait d'impatience
de faire ce qu'il fait aujourd'hui. Lise a des papillons dans
le ventre. Elle murmure : "Pardon Paul..." et reste blottie
contre lui. Un fond de honte l'habite. Elle a retrouvé la
saveur des baisers, la chaleur des câlins, la vérité des
regards. L'amour n'est-il pas résistant comme l'acier,
patient comme l'escargot, dévoué comme la fourmi,
laborieux comme l'abeille ?

La lettre de Fine
par Simone Dayries

Dans les Pyrénées et plus précisément en Haute Ariège, vit une vieille femme, seule. Elle n'est pas bien grande, toujours un chignon attaché à l'arrière, un visage ridé avec de petits yeux noirs, son corps se voûte bien un peu par le poids des ans, elle avance à petits pas menus. Plus personne n'habite dans ce petit village. Pourtant elle se sent bien, là, parmi la nature, n'ayant connu que cet endroit et cette vie si rude. Son compagnon est parti il y a quelques années. Elle n'a pour seule visite que le facteur venant lui apporter le journal et les potins du village. Cet homme-là est son confident, son ami. Il lui amène les rares courses dont elle a besoin. De temps en temps, il porte une lettre de l'EDF et la feuille pour la déclaration des impôts : voilà son courrier. Il ne lui reste pour seule famille qu'une petite fille qu'elle a élevée. Cette enfant, devenue grande, est partie à la grande ville : Toulouse… Et depuis, plus de nouvelles. Elle s'en accommode, faisant du travail son seul but. Elle cultive son potager avec les graines de l'année précédente, les deux chèvres lui donnent le lait, quelques lapins servent de viande le moment venu. Mais elle court encore la montagne connaissant toutes les plantes, les ramassant à la saison afin que l'hiver venu, elle puisse se soigner malgré la neige, lorsque le médecin ne peut pas monter.

Les années ont passé, toutes d'un dur labeur mais elle dit toujours « on est si bien ici ! On a tout ! ».

Aujourd'hui, le facteur lui donne la traditionnelle lettre des impôts. Bien sûr elle l'ouvre devant lui. En silence elle lit : « à partir de l'année prochaine, la déclaration devra être effectuée par internet ». Elle lève la tête. Son interlocuteur devine son inquiétude.

-   Qu'est-ce qu'il y a Fine ? Ils te demandent de l'argent ?
-   Non, je ne sais pas ce qu'ils veulent dire.
-   Donne, je vais voir.

Aux premiers mots, il sourit mais en même temps comprend la détresse de la vieille dame.

-   Ah ! internet ! Ce n'est que ça ! Il te faut un ordinateur et tu auras internet mais ici tu es en zone blanche, tu ne peux pas.
-   C'est quoi ce charabia je ne comprends rien ; j'ai toujours fait comme ça et ce n'est pas à mon âge que je vais changer, tu leur diras quand tu passeras aux impôts à Saint-Girons. Dis, tu leur diras ?
-   Mais Fine les impôts à Saint-Girons ils n'y peuvent rien, c'est à Paris que c'est décidé.
-   A Paris !!

Elle reste interloquée. Paris, pour elle c'est l'autorité ; elle ne peut pas aller contre. Elle était prête à aller discuter en bas dans la vallée mais à Paris il n'y a que des « Messieurs », des gens instruits, qui savent. Elle se sent démunie, elle, dans sa montagne. Elle baisse la tête, tenant fort dans sa main un bout de son tablier noir. Elle s'assied. Tout d'un coup, elle ressent une oppression, qui la serre jusque dans la gorge. Là même sensation que lorsque le docteur lui avait dit doucement : « ton Gaston il a quelque

66

chose de pas joli ». Des journées d'angoisse étaient venues assombrir leur bonheur.

Aujourd'hui, elle a pu, tant bien que mal, se remettre de son chagrin, bien que tout reste enfoui quelque part dans sa mémoire. Mais actuellement, cette oppression est revenue, aussi forte. Abasourdie, elle regarde trembler ses mains. Son visiteur s'en aperçoit, se lève, va vers elle et se baissant à sa hauteur lui dit :

- Mais ne t'en fais pas, de toute façon, tu ne payes pas d'impôts, tu n'auras qu'à continuer à faire comme avant, ils ne vont pas venir te contrôler. Bon, faut que j'y aille, je repasserai demain pour le journal. Il est l'heure de manger n'oublie pas. A demain, Fine.

Elle ne répond même pas, perdue dans ses pensées. C'est un véritable tremblement de terre comme si deux plaques tectoniques s'étaient tamponnées, cette France d'aujourd'hui qui pousse cette France d'hier.

Elle mange, machinalement, puis elle va s'asseoir sur le devant de porte en amenant la chaise. Et là, face au soleil, à l'immensité de cette montagne, elle se retrouve. Son angoisse se transforme en colère : « c'est quoi cette France qui ne veut plus que je lui écrive ! J'ai toujours fait comme ça, je continuerai »

Son courage est revenu. Elle sait que ces verts pâturages lui ont redonné espoir, que rien ni personne ne peut venir lui dicter ses volontés.

L'été, puis l'automne passent. Au gré de ces saisons, elle fait ses provisions pour l'hiver non seulement pour elle mais aussi pour ses bêtes. Elle est sereine mais garde au fond de la poche de son tablier de dessous cette lettre.

Ce matin-là, de loin, elle voit le facteur qui lui fait de grands signes. Elle s'avance vers lui. Il lui tend une lettre. Elle reconnaît l'écriture : une écriture fine, avec des lettres bien formées comme elle lui a appris. Surprise, elle n'ose pas la prendre.

- Mais prends là vite, tu vois bien que c'est Nathalie, tu vois, elle ne t'a pas oubliée.
- Je suis si contente, je ne m'y attendais plus, vite, rentre, on va la lire ensemble.

Elle se précipite dedans, déchire l'enveloppe :
- Regarde, il y a même une photo. Oh ! mais elle n'est pas seule, ils sont mignons tous les deux. Bon qu'est-ce qu'elle dit ? « *Mamy, j'espère que tu vas bien. Je ne t'ai pas oubliée. Cela fait un moment que je voulais t'écrire mais je ne savais pas comment te le dire... En fait, j'ai voulu partir à Toulouse, mais je m'ennuie de ces montagnes et surtout de toi. J'ai un bon travail, ne t'inquiète pas je gagne bien ma vie mais il me manque tant l'air du pays. Mamy, je te le promets dès que je peux, je reviens vers toi avec Frédéric, je te le présenterai, il est de Saint-Girons. Je t'embrasse très fort. A bientôt. Nathalie* »

Deux petites larmes coulent sur ses joues brûlées par le soleil. Il y a tant de jours, de mois, d'années, qu'elle espère cet instant. Enfin, il est venu. L'homme la regarde, ne dit rien, repart doucement, la laissant relire une fois encore cette page qui la bouleverse tellement.

Pendant le long hiver, elle a relu tous les soirs ces mots, un par un, lentement, avant de prendre le journal et d'aller au lit sitôt bue sa tisane.

Un dimanche matin de février, la neige couvre encore les alentours. Elle va soigner ses bêtes par le petit sentier qu'elle a déblayé, lorsqu'elle voit deux silhouettes se dessiner dans la blancheur du paysage. Elles viennent dans sa direction. Notre paysanne regarde. Jamais personne ne vient par ici, surtout avec ce temps. Ils approchent. Elle croit deviner… Mais oui c'est elle !!! Elle l'entend crier « Mamy c'est nous ». Mais elle ne peut pas avancer, elle n'a que des bottes pas des raquettes comme eux. Elle attend impatiente, tellement heureuse... Ces minutes qui les séparent, ces secondes qui s'égrènent semblent pour les deux femmes une éternité.
Enfin la voir, enfin la toucher, pouvoir l'embrasser. Elles se jettent dans les bras l'une de l'autre.
- Mamy, je reviens !
- Oui je vois, je suis si heureuse, je t'ai tant attendue
- Mais non, tu ne comprends pas, on va venir s'installer ici, avec toi. On va faire du fromage de chèvre, on aura des abeilles pour le miel et on vendra tout au marché à Saint Girons, s'il me reste du temps je ferai du savon. Qu'est-ce que tu en dis ? C'est une bonne idée, non ? Tu nous veux ?
Bien sûr qu'elle les veut, comment l'inverse serait-il possible. Et puis tout d'un coup, au détour de la conversation, notre grand-mère lui tend cette grande feuille, où il y a écrit « république française », sa main est tremblante. La jeune fille le voit et s'empresse de lire.

- Tu ne sais pas, regarde la lettre des impôts que j'ai reçue l'année dernière. Qu'est-ce que tu en penses, oh ! mais ce n'est pas important, je sais.
- Ne t'inquiète pas, j'irai te le faire à la ville, mieux, tu viendras avec moi, et tu te serviras de l'ordinateur toi aussi. Oh ! j'ai oublié de te présenter Frédéric, nous allons nous pacser l'été prochain, mais rentre donc Frédéric, ne reste pas dans l'embrasure de la porte, tous les trois on va faire revivre la montagne.

Et voilà la France d'hier qui retrouve celle d'aujourd'hui ; chacune apportant une partie de ses expériences, c'est sûrement cela qui fait tourner le monde.

Nouveau départ

par Anne Schwaar

Tel un voile qui ondule, une légère brume s'étire lentement en direction de la « Ferme aux volets bleus ». La terre se réveille. Un vent discret répand la fraîcheur de l'aube. Catherine, une petite femme aux cheveux noirs coupés courts, se penche à la fenêtre et hume l'air ambiant. Elle profite de ces quelques instants pour apprécier le lever du soleil. De fortes effluves épicées montent de la terre encore humide. La cloche du village égrène six coups qui résonnent joyeusement. Le vieux chien, Jeff, se met à aboyer. Derrière elle, des odeurs de café et de pain frais. Catherine est soulagée et pense : « Oui, tout se met en place petit à petit. Nous allons y arriver ! ».

Après avoir pris son petit déjeuner sur la table en bois brut, table qui a vu passer plusieurs générations, son mari Jacques, grand homme blond, s'étire en bâillant. Catherine se tourne vers lui et lui dit en souriant :

- Alors mon chéri, as-tu pensé aux futurs projets pour la ferme ? Nous n'avons pas beaucoup de temps pour répondre aux désirs de la Commune. Ce serait bien d'établir ensemble un plan pour l'avenir.

Eh oui, cette « Ferme aux volets bleus » dans laquelle elle habite avec son mari et son petit garçon Paul, est propriété de la Commune.

Vu l'époque où elle avait été remise en fermage, le contrat arrivant à son terme à la fin de l'année, les conseillers ont émis l'idée d'améliorer l'accès à cette masure pour en faire une maison d'hôtes en y attirant les touristes. Dans la région, plusieurs vieilles fermes ont déjà été transformées. Tous se réjouissent de ce succès. Les agences de trekking à l'étranger, apprécient ce « retour à la nature » pour leurs clients durant les vacances d'été.

Il y a huit ans, Jacques, paysagiste arrivait de Paris. Catherine, avec son diplôme d'infirmière tout frais, arrivait de la banlieue parisienne. Tous deux prirent la décision de quitter la ville et de s'installer en Provence, dans une région au climat plus doux, et dans une région moins populeuse.
C'est ainsi qu'ils s'étaient installés dans un village, dans une grande maison sous les toits. Ils se sentaient bien, trouvant enfin la vie qu'ils espéraient lorsqu'ils étaient à Paris. Jacques était satisfait, il entretenait des propriétés privées. Catherine avait trouvé du travail dans un établissement pour personnes âgées et aimait bien son emploi.

Un beau jour du mois de juin, partis à vélo pour parcourir les environs, ils s'arrêtèrent pour visiter les fortifications de ce beau village français. Puis, ils décidèrent de visiter la campagne alentour qui embaumait l'air de senteurs de garrigue. Après une petite heure de pédalage ils eurent soif. Un homme et une femme, assis sur un banc devant une vieille ferme les regardaient passer. Ils avaient l'air triste. Jacques s'arrêta et leur demanda s'ils pouvaient s'abreuver à leur fontaine.
Le vieil homme, un béret vissé sur la tête, montrait des mains usées, déformées par l'arthrite. La femme, les yeux

cernés avaient des cheveux blancs et un doux visage.

Ils semblèrent heureux de les accueillir autour d'une carafe d'eau et d'un pichet de vin accompagné de biscuits. Là, à l'ombre d'un magnifique grand tilleul, ils se mirent à raconter leur vécu.

Ils apprirent que, durant quarante ans, ces fermiers, tout en travaillant la terre, avaient élevé quelques chèvres et des vaches laitières, afin de vendre leurs produits au marché. Curieuse, Catherine s'était levée, proposant de faire un tour de la propriété. Les fermiers, se dressèrent avec difficulté, se soutenant l'un l'autre, tout en les guidant à travers les divers endroits de la maison.

Une bonne odeur de paille, de foin et notamment de lavande flottait dans ces lieux.

Dans une partie reculée de la grange, ils découvrirent un gros alambic. Jacques très étonné s'exclama :

- Mais que faites-vous avec ce bel alambic ?

Le vieil homme, sourit et lui répondit :

- Ah oui, ça a été mon dada, j'en ai bavé pour arriver à un bon résultat, mais j'y suis enfin parvenu. Cela est notre fierté !

- Expliquez-nous s'exclama Catherine avec une impatience enjouée !

Un travail harassant qui demandait de la persévérance. Au printemps, afin de pouvoir produire du lavandin, ils plantèrent environ dix mille plans à l'hectare.

Chaque année, ils ajoutèrent un apport d'engrais sur ces terres arables. Tout cela heureusement avec des machines qu'ils louèrent à la Coopérative du village. Ce qui leur avait donné le plus de travail c'était le désherbage. Il l'accomplissait trois à quatre fois dans l'année pour bien aérer le terrain. Après la récolte, ils mettaient à sécher le tout. Ce qui représentait environ cent kilos de lavandin et leur apportait à peu près un litre d'huile essentielle. En fin de compte, les parfumeries de la région en ont aussi profité. Il est vrai que ce dernier travail leur avait apporté à tous de bons revenus.

Le fermier se tournant vers Jacques l'air attristé ajouta :

- Aujourd'hui, c'est fini ; je n'ai, hélas, plus la force de continuer. Mes deux enfants ne voulant pas reprendre l'exploitation, ils ont choisi de travailler en ville. Ainsi, dans deux mois, nous irons en maison de retraite, heureusement ensemble !

La ferme, appartenant à la Commune, allait être remise à d'autres et les animaux dispersés lors d'une vente aux enchères. Cela, plus que tout le reste, leur laissait un goût amer car ils y étaient très attachés.

Catherine et Jacques reprirent le chemin du retour en silence, le cœur lourd. De grandes surfaces de champs de lavande étalaient leur couleur mauve tout en embaumant la région de senteurs subtiles.

La nuit suivante, Jacques, ne pouvant pas dormir, se leva, réveilla Catherine et proposa de postuler pour reprendre la « Ferme aux volets bleus ». Il se sentait prêt à se lancer un nouveau défi. Catherine, qui en avait aussi eu l'idée, lui donna d'emblée son accord. Le lendemain, ils posaient leur candidature à la Mairie. Cette dernière ne mit pas longtemps, faute de candidats, à donner son aval. En l'espace de deux mois, l'accord fut conclu.

C'est alors que durant six années, Catherine et Jacques, tout en ayant eu la joie d'accueillir le petit Paul, se concentrèrent dans l'élevage de quelques vaches laitières appartenant aux anciens propriétaires ainsi que de quelques chèvres. Même le vieux chien, Jeff, avait pu rester à la ferme. L'ancien alambic fut mis de côté dans l'espoir d'apprendre à l'utiliser un jour.

Catherine s'était consacrée à apporter régulièrement son aide aux personnes âgées de la région en travaillant deux demi-journées en tant qu'infirmière. Elle en avait profité pour suivre le vieux couple qui s'était installé dans l'établissement, en leur rendant visite de temps en temps, leur apportant des nouvelles de leur ancienne « Ferme aux volets bleus ». Ces derniers ne vécurent pas longtemps. Se sentant inutiles, ils s'étaient éteints doucement, l'un après l'autre, laissant une vie bien remplie derrière eux.

Jacques s'était lancé dans la confection de tommes de fromage de vache et de chèvre et ajouté à cela quelques contrats d'entretien de jardins chez des particuliers. Leurs journées furent bien occupées. Ils étaient encore jeunes et constataient que cette vie leur apportait des petites joies simples, truffées de découvertes dans le monde végétal et animal.

Ainsi, ce matin-là, assis à la table en bois brut, ils décidèrent de mettre leurs projets "à plat". Catherine, exaltée, se réjouissait de relever ce nouveau défi. Elle se servit une nouvelle tasse de café et exposa ses idées à Jacques. Elle voyait bien l'importance de ce futur qui les attendait. Il fallait suivre l'évolution d'un monde nouveau, celui où les neiges éternelles fondent et où l'homme se cherche. Ils devaient s'adapter aux nouveautés. Persévérer, afin de maintenir cette nature vivante que beaucoup désiraient museler pour en faire du profit.

Tout d'abord, agrandir la ferme, afin de pouvoir accueillir au moins trois familles pour les vacances. La grange était assez grande pour cela.

Pour les jeunes, ils voyaient la possibilité de dormir sur la paille. Paul et ses copains adorait cela.

Ils pourraient continuer à vendre leurs tommes artisanales au marché de la ville ainsi qu'aux touristes de passage. Catherine connaissait bien les diverses plantes médicinales. Elle pourrait offrir des cours pour transmettre son savoir, tout en parcourant les collines alentour. Cela ferait partie du plan « Retour à la nature » que la Commune prévoyait et attirerait certainement des touristes. Bien sûr il y avait cet alambic, endormi au fond de la grange. Ils devaient le remettre sur pied. Les champs de lavande étant redevenus en friche, il était important de les exploiter à nouveau.

En conséquence, ils allaient devoir s'initier à planter, soigner, récolter, sécher, vendre le résultat de cette distillation.

Bien-sûr, il allait falloir engager quelques jeunes pour les aider.

- Quel programme s'exclamèrent-ils en chœur ! Allons apporter ces projets à la Mairie.

L'air est saturé de poussières de pollen. Des abeilles très affairées passent de fleur en fleur émettant un léger bourdonnement puis volent jusqu'à l'entrée de leurs ruches colorées.

La cloche du village émet un son cristallin indiquant huit

heures. Dans la grange, Jacques s'occupe du bétail, sort les chèvres, ouvre les barrières donnant dans le large pré. Jeff, le vieux chien, a été remplacé par un jeune chiot qui suit Jacques comme son ombre.

Des touristes ouvrent les volets de la dépendance et découvrent les senteurs de cet été qui débute. Les enfants, déjà éveillés, s'appellent en riant, sautant de bottes de paille en bottes de paille. C'est enfin les vacances et c'est l'été !

Catherine, joyeuse à son habitude, va réveiller Paul qui a déjà fêté ses dix ans.

Elle descend préparer le petit déjeuner sur la grande table en bois brut pour tout ce petit monde arrivant de la ville, prêt à découvrir la nature environnante et ses merveilles.

- Oui, se dit-elle en jetant un regard par la fenêtre, où, quatre ans auparavant, elle rêvassait en admirant le lever du soleil. Cela n'a pas été facile, mais nous y sommes arrivés !

Les champs de lavande ondulent sous la rosée du matin tout en emplissant l'air d'effluves enivrants.

Valeureux insulaires

par Arnaud Génois

A la faveur d'une aube lumineuse, le gouverneur contemplait le vaste chantier qu'ils avaient accompli durant de longs mois de labeur dans cette île d'apparence austère et stérile, confinée au large de Brest. Tous ses plans s'étaient déroulés presque sans entrave. C'est que le gouverneur Henri de Bralay n'était pas homme à courber l'échine devant les problèmes, même aussi redoutables que les caprices de l'océan, particulièrement furieux dans cette zone. Il avait visité Penn-Bradech pour la première fois par un malencontreux hasard quand les flots déchaînés avaient empalé le *Pluton*, qu'il commandait alors, sur les rochers de l'île. Après avoir réchappé à l'armada espagnole auprès des côtes de l'Amérique centrale, bravé le chaos du Cap Horn et éprouvé la disette et les maladies à bord, ce naufrage si près du retour attendu avait entraîné sa disgrâce à la cour. On ne voulut plus lui confier le commandement d'un bâtiment de la marine française, ce qui représentait le pire des châtiments pour un homme de mer et de combats dévoué corps et âme à son pays.

C'est de cet épisode douloureux qu'émergea dans l'esprit d'Henri de Bralay l'idée de coloniser l'île de Penn-Bradech. Quand il soumit son audacieux projet à la cour de France, certains lui rirent au nez, pensant que le naufrage l'avait définitivement rendu fou. Mais il avait gardé des alliés influents dans l'orbite du Roi-Soleil, et quand ils avisèrent ce dernier du projet de Penn-Bradech, dont il ignorait l'existence même, le rayonnant roi toujours soucieux d'affirmer la grandeur de la France trancha en faveur de Bralay. Les experts militaires, bien qu'ils ne s'y fussent jamais rendus, jugèrent que l'île pourrait servir à observer les manœuvres anglaises dans ses parages, et prévenir ainsi toute tentative d'invasion ennemie. Rapidement, on entreprit de réunir des volontaires afin de constituer la première population de l'île. Ce ne fut pas une mince affaire, car si depuis la nuit des temps Penn-Bradech était restée inhabitée, c'est que ni Bretons ni Anglais n'avaient jamais imaginé pouvoir en tirer parti. Trop dangereuse, trop de vent, disaient même les pêcheurs les plus exercés. La légende était si tenace que la proposition n'eût aucun succès parmi la population bretonne, à l'exception d'une dizaine de rudes marins célibataires, à qui l'on offrit le choix de la prison ou de Penn-Bradech, choix dont ils saisirent d'ailleurs à peine la différence. Pour le reste des volontaires, on vanta – abusivement – à des familles du sud de la France qui avaient connu la famine d'un hiver des plus rigoureux, un climat océanique propice aux cultures vivrières, et on leur fit la promesse d'un salaire. Ce fut là encore un ersatz de choix pour ces paysans ruinés par l'impôt.

Le capitaine déchu fut nommé gouverneur de l'île, poste réservé d'ordinaire aux commandants en fin de carrière, mais les candidats curieusement ne se pressèrent pas. Le gouverneur de Bralay, fermement impliqué dans ce nouveau projet, en tira une grande satisfaction. Avec les faveurs du roi, il n'eut aucune peine à obtenir le budget et le matériel nécessaires à son aventure. Hormis les conseils des chefs de guerre à Versailles, et de Vauban lui-même qui lui offrit généreusement quelques plans de fortifications, De Bralay organisa seul l'expédition, sous les regards sceptiques et amusés des gens de Brest.

Au début de l'été, un grand navire solide mouilla dans le port de Brest. Bien qu'il lui eût été défendu de contrôler un nouveau bateau, la responsabilité du transporteur fut confiée au gouverneur en l'absence de volontaires pour un périple si incertain. Le jour du départ, les Brestois qui n'avaient jamais totalement cru au sérieux de cet homme venu de Paris, ne s'amusaient plus. Certains tentèrent de dissuader les familles de monter à bord. En vain. Un prêtre vint dire une prière pour les malheureux et les invita à confier leurs péchés. L'ecclésiastique le regretta très vite puisque le gouverneur le fit embarquer in extremis avant d'appareiller : dans son inventaire pourtant rigoureux, il avait oublié d'emporter un homme d'église.
De Bralay remercia la clémence du ciel et de la mer. Il put compter aussi sur l'habileté des marins bretons, pour qui la mer était une vieille maîtresse imprévisible mais pas méchante. Pour les familles du sud en revanche, qui n'avaient pour la plupart jamais navigué, le voyage fut plus difficile : nombreux furent ceux qui rendirent par-dessus le bastingage. A mesure que le navire poursuivait sa route, bercé par de hautes vagues régulières, les familles apprirent à se connaître. Un passé fait de travail et de misère, leur condition de pauvres paysans à la merci des maladies, de la milice et des intendants du roi, soudait ces femmes et ces hommes bien plus encore que la destinée commune qui les attendait sur Penn-Bradech. Après

quelques heures seulement, une joyeuse agitation régna à bord. Les enfants jouaient entre eux, les femmes, tisserandes pour la plupart, échangeaient, ouvrage en main, leur savoir-faire, tandis que les hommes évoquaient non sans vanité leur métier et leurs spécialités. De Bralay, vigilant depuis le pont arrière, pensa que tout cela était de bon augure pour la suite.

La traversée dura trois jours. Quand l'homme de quart cria terre et que la côte édentée s'offrit aux yeux des passagers, De Bralay craignit de se laisser encore berner par les courants fantasques, et jeta l'ancre à bonne distance. Il fit descendre la chaloupe, s'y engagea avec quelques hommes et approcha l'île avec la plus grande prudence. Ils rallièrent assez vite la seule plage de l'île, qu'il avait repérée lors de son premier séjour forcé, prirent les mesures nécessaires et retournèrent au navire. Par une manœuvre fort délicate, le gouverneur démontra son adresse et son expérience de trente ans dans les mers du monde. Le navire accosta paisiblement. La France regretterait un pareil capitaine, se dit-il dans un grand sourire.

Sitôt arrivés, il fallut débarquer tout le matériel et les vivres. Les nouveaux insulaires s'y employèrent vigoureusement. Les tonneaux d'eau douce et les pièces de la batterie côtière que la Marine avait exigée pour la défense de Penn-Bradech plièrent le dos des hommes, et les volailles égaillées firent courir les enfants lancés à leur poursuite. Pendant des jours entiers, ce fut sur la plage un grand remue-ménage dans une bonne ambiance générale.

Le gouverneur distillait ses ordres avec calme et justesse. Le soir, la joyeuse troupe se rassemblait autour du feu pour déguster potages et œufs de mouette en omelette, préparés tant bien que mal par les femmes sous le vent qui fouettait la plage. Bretons et Provençaux, en dépit de la barrière de la langue qui les séparait – tous les Français ne parlaient pas alors la "langue du roué" – partageaient les traditions et les mythes de leurs régions parfois avec incompréhension, toujours avec curiosité. Comme il n'y avait aucun logement digne de ce nom, on fit dormir les familles dans l'abri de fortune confectionné par de Bralay et ses hommes avec les débris du *Pluton*. Un dortoir provisoire reconstruit depuis, et devenu la capitainerie où le gouverneur avait ses quartiers et traitait les affaires courantes.

Les courageux habitants ne lésinant pas sur l'ouvrage, la communauté ne tarda pas à quitter son campement sur la plage pour s'établir au centre de l'île, dans de toutes petites maisons à toit de chaume, au confort rudimentaire. L'extraordinaire progression des travaux ne fut rendue possible que par la solidarité qui anima chacun. Comme les vivres emportés sur le navire vinrent naturellement à manquer, il fallut songer à l'autosuffisance. Pour cela le roi avait fourni à chaque famille de bonnes semences afin que chacune d'elles puisse entretenir un petit potager, à l'intérieur de l'île où le vent faisait moins de ravages. Certains incrédules émirent des doutes quant à la qualité de la terre de Penn-Bradech, qui furent balayés quand les premiers choux et pommes de terre vinrent améliorer le quotidien des repas. La laine des nombreux moutons et le lait des quelques vaches importées réchauffèrent les insulaires dans leur premier hiver. Les animaux comme les humains semblaient avoir apprivoisé l'île et son climat. La royauté avait également pourvu Penn-Bradech de deux bateaux légers et de bons filets. Les hommes, menés par les Bretons, s'initièrent avec courage à la navigation maritime et à la pêche. Ils se dessinèrent rapidement une carte des lieux, où figuraient gravés dans leur pensée inquiète les contours des récifs qui pouvaient les perdre à tout instant.

Il avait été convenu qu'un bateau viendrait tous les quatre mois pour acheminer les produits introuvables sur l'île. Pour ce premier ravitaillement l'amiral de Brest se déplaça en personne, contraint de montrer l'exemple en bravant sa peur de Penn-Bradech. Après sa première surprise de voir le navire intact, la population au complet et le village en construction, il crut que De Bralay se moquait de lui quand il lui proposa de raccourcir le délai de visite du bateau à un mois et demi, afin de participer en retour à l'approvisionnement en sel et goémon de la ville de Brest. Mais quand il aperçut les extraordinaires provisions de goémon entassées par les habitants, l'amiral brestois dut se rendre à l'évidence : De Bralay ne plaisantait pas et la lubie de Penn-Bradech était une réalité aussi concrète que le granit breton. Il accéda à la requête. Quand le bateau brestois revînt la seconde fois, il portait à son bord trois nouveaux couples désireux de s'installer sur l'île, qui furent accueillis chaleureusement par la population en place. Au contraire et contre toute attente, aucun des résidents n'émit le souhait de quitter l'île. Le gouverneur savourait le succès de son projet. Au rythme des journées de travail et des soirées au coin des cheminées, les insulaires avaient forgé de solides liens d'amitié. D'amour aussi, puisqu'en l'espace d'un an sept mariages avaient été célébrés, neuf enfants étaient nés sous le ciel de Penn-Bradech et tous avaient survécu, une exception remarquable pour l'époque, de surcroît dans ces conditions hostiles. Un véritable *miracle* attribué à la thaumaturgie de Dieu, pour le père Larieux qui n'était finalement pas mécontent d'avoir été embarqué contre son gré dans cette épopée. En plus des rites religieux qu'ils célébraient avec ferveur, les insulaires avaient inventé leurs propres fêtes, mêlant les folklores régionaux. Lors de grands festins, on dansait et chantait gaiement sur Penn-Bradech, mais certaines chansons paillardes ou subversives n'étaient pas du goût du père Larieux, choqué par certains propos qu'il ne lui avait jamais été donné d'entendre. Du reste, il n'appréciait pas qu'à l'occasion de ces banquets ses ouailles épanchassent leur soif sans modération dans les tonneaux de mauvais vin et de rhum importés par le gouverneur. Pour tout dire, le père Larieux avait l'humeur bougonne et la mine renfrognée lors de ces orgies, et il partait se coucher tôt. Le lendemain matin, avançant volontairement l'heure de la messe, il ne manquait jamais de proférer un sermon réprobateur à son auditoire encore en partie aviné. Puis, satisfait d'avoir préservé la morale chrétienne il retrouvait bien vite sa gentillesse habituelle. Au fond ses paroissiens étaient honnêtes, vaillants et généreux. Sans doute, se répétait-il inlassablement, l'insularité ne pouvait qu'embellir le cœur des hommes. Dans la petite chapelle qu'ils avaient édifiée avec soin, il priait chaque jour pour la sauvegarde de ceux qui partaient en mer, comme s'il craignait un sacrifice exigé par l'océan en échange de son accueil sur l'île.

Comme il était impossible d'échapper à l'omnipotence de Dieu, l'insularité avait également ceci de particulier que nul ne pouvait prétendre se dérober à sa justice. Il y avait d'abord deux manières de quitter l'île : prendre librement le bateau de Brest ou périr en mer. La troisième constituait la règle principale de la communauté. Quiconque sur Penn-Bradech commettait l'imprudence insensée de trahir les siens se heurtait au conseil et s'exposait en conséquence à l'ostracisme. Fort heureusement le conseil en question, sous l'égide du gouverneur et composé de représentants choisis par tous pour leur équité exemplaire, n'avait jamais eu la nécessité de prononcer l'irrémédiable sentence. Seuls quelques différends sans importance avaient été réglés avec bienveillance et respect. Il faisait assurément bon vivre à Penn-Bradech.

Le gouverneur n'avait pas quitté des yeux la plage, où l'on s'affairait à remonter l'approvisionnement tandis que le bateau de Brest s'éloignait. Ses mains tremblèrent lorsqu'il relut pour la énième fois le message de l'amirauté qu'il avait reçu la veille. Penn-Bradech avait reçu l'ordre de défendre la France contre la flotte anglaise qui s'était rassemblée en masse, prête à fondre sur les côtes de Bretagne. Le gouverneur savait par expérience que le combat serait inégal. Bien qu'il ne doutât pas de la bravoure des hommes de Penn-Bradech, avec leurs trois canons de quarante-deux et leur inexpérience à la guerre, ils n'avaient aucune chance contre la puissance de feu des vaisseaux de ligne adverses. Mais c'était leur devoir. Ils essuieraient la première offensive des Anglais, qui n'auraient aucun mal à hisser leur drapeau sur les hauteurs de l'île. Comment annoncer aux paisibles habitants de Penn-Bradech qu'ils allaient se faire massacrer les premiers, dans une nouvelle guerre sans pitié provoquée par des querelles de puissants ? Désemparé, le gouverneur songea avec amertume que ses protégés, dont il était si fier, n'auraient pas même l'occasion de voir leur première récolte de blé.

Terre de France

par Alain Tardiveau

Terre un peu folle du pays de France,
Tes étendues d'eau qui se blessent et se croisent,
Des éclats de lumière sur tes montagnes et rivières,
Tu t'inventes une lumière, un nouveau crépuscule,
Bien des fois je te contemple et je t'envie.

Je te découvre pays timide et merveilleux,
Ta robe de satin a figé tes plaines et tes marais,
Terre d'esprits marquée par le temps,
Splendeur éphémère dans nos cœurs résonne
Ton soleil couchant qui hésite un instant.

Sur une rive des chevaux à l'abri du vent,
Au détour d'un chemin une forêt, une mare,
Quelques narcisses, un flamant rose,
Sur tes plages une sirène qui se baigne au soleil,
Tu te dévoiles attirante et gracieuse.

Façonnée par le temps tu abrites la vie,
Les hommes te courtisent, les fleurs t'honorent,
Tu t'isoles un instant à travers tes frontières,
Raconte-moi, encore une fois,
Tes traditions, ton folklore et tes légendes.

www.ingramcontent.com/pod-product-compliance
Lightning Source LLC
Chambersburg PA
CBHW071341130626
46556CB00004B/1974